潮風マルシェ

喜多嶋 隆

角川文庫
24320

潮風マルシェ　目次

1　15歳が戦うなら、44歳だって戦う

「おれも男だ」

と葛城《かつらぎ》が言った。勢いよくスーツの上着を脱いだ。

「はぁ？」わたしは間抜けな声を出した。

となりにいる愛《あい》も目を丸くして、

「確かにオジサンだから、男には違いないけど……」とつぶやいた。

葉山《はやま》。森戸《もりと》海岸のすぐ近くにあるシーフード食堂〈ツボ屋〉。

別名、ビンボー食堂。いまは、夕方の5時過ぎだ。

信用金庫の仕事を終えた葛城は、いつものように店の手伝いをしにきた。けど、その様子が明らかに違う。

〈おれも男だ〉とほざき、やたらテキパキとした動作でテーブル席を拭《ふ》きはじめた。

その鼻息が荒い……。

わたしと愛は、頬を寄せてささやく。

「オジサン、なんか変なもの飲んだんじゃない？」と愛。

「変なもの？」

「ほら、よく宣伝してる精力剤とか」

「せいりょくざい？」

「そう、70歳でもビンビンです！　みたいな」と、頭の中だけはオトナの愛。

「うーん……さもなきゃ、覚醒剤《シャブ》とか？」わたしが言った。

「かもね……。そりゃ、やばい」

愛が言った。そのとき、葛城がわたしたちの様子に気づいた。

「あのね、私は変じゃないよ。覚醒剤もやってないし……」と苦笑い。

「里香《りか》が？」わたしは、訊《き》き返した。里香は、葛城の娘だ。

いま葛城は、カウンター席にかけている。

「ああ、里香が逗子《ずし》の県立高校に進むと宣言したんだ」

「へ!?」と愛は口を半開き。

「逗子の県立？」とわたし。

「だって、あの子、音大の附属高校にいくんじゃ……」と言った。里香は、小さなときからピアノを習っていたというし……。

「だから、東京の音大附属に進むはずじゃ？」とわたし。

いまは1月。あと2ヵ月たらずで、里香は葉山の中学を卒業する。そして、母親と東京暮らしをはじめるはずだった。

「それが、大逆転でね」と葛城。かなり興奮した表情……。


「まあ、一杯やれば」

わたしは言った。アジの刺身を葛城の前に出してあげた。

このアジは、今朝、わたしと愛が近くの魚市場で拾ってきたものだ。

定置網《ていちあみ》から勢いよく水揚げされるときに、胸ビレが千切れてしまっていた。

そういう、いわば〈傷もの〉は、出荷できないので、魚市場の隅に捨てられていた。

最近のマスコミ用語では〈未利用魚〉などとも呼ばれている。

そんな魚たちを、今朝も、わたしと愛は拾い集めてきた。いま刺身にしたアジもそんな〈傷もの〉の一匹だ。

アジといえばすぐタタキというけれど、それは都会人だ。海岸町では、アジは刺身で食べる。

雪でも降りそうな夜なので、熱燗《あつかん》にしたお酒を葛城に出してあげた。

◆

「ああ美味《うま》い……」

葛城がしみじみつぶやいた。刺身を口に入れ、熱燗を飲んだところだった。

「で、里香がどうしたって?」わたしは訊いた。

「そうそう。つい昨日《きのう》、妻、いや元妻から連絡がきてね」と葛城。

彼は、離婚していた。

資産家の娘である妻が、さえないサラリーマンの葛城に見切りをつけたというのが、実のところだろう。

そんな妻が、娘の里香の養育権をとり、いまは一緒に暮らしている。

里香の高校進学と同時に、東京暮らしをする予定になっていた。

「それが？」と愛。

「突然、里香が宣言したらしい。音大附属にはいかない。近くの県立高校にいくと……」

「へえ……」わたしは、つぶやいた。

里香は、典型的な優等生。三年生のいまは生徒会長もやり、ピアノもかなり上手《うま》いらしい。

「で、里香はなぜ音大附属高校へ行くのをやめるって？　しかも突然に……」わたしは訊いた。

「それが、元妻にもわからないらしい。で、私に連絡してきた」

「何か知らないかって？」

「ああ……」里香の養育権は母親にある。けれど、葛城が里香に会っていけないとは決められていないらしい。

「私が何か知らないかというより、私が里香に何か吹き込んだんじゃないかと元妻は疑っているようだ」と葛城。

「嫌なやつ……」愛が吐き捨てた。

「そこで私は、さっそく里香とラインでやりとりしたよ」

「そしたら？」

「自分のいく道は、自分で決めるから。そう答えが返ってきた」

「へえ……」とわたし。「なかなか、やるもんだ」とつぶやいた。

「……それで、窓際オジサン、やたら元気ビンビンなんだ……」愛が言った。

信用金庫で落ちこぼれているらしい葛城を、愛はいつも〈窓際オジサン〉〈瀬戸際オジサン〉などと呼んでいる。

「まあ、勇気をもらった事は確かだな。葛城は、苦笑い。15歳の娘が、それだけはっきりとした決断をした事にね」

「……やっぱ精力剤効果だ……」とわたし。

「確かにそうかもしれない。15歳が、自分の未来を賭《か》けて戦うなら、44歳の私にも戦っていけない訳がないじゃないか」と葛城。

相変わらず鼻息が荒い。

「あまり力むと、また髪が抜けちゃうよ」愛が言った。

かなり淋《さび》しくなっている葛城の前髪。その下のおでこが、テカテカと光っている。真冬の寒い日だというのに……。

「で、44歳は何と戦う事にしたの？」

わたしは訊いた。葛城は、腕組み……。「まあ、すぐにわかるよ」と言った。そして、

「いつまでも、信金の落ちこぼれと思ってたら大間違いだ」と言い切った。

サクッ。香ばしい音がした。

2日後の昼食。愛が、アジフライをかじったところだった。

今日も、わたしたちは明け方の魚市場に行った。

相変わらず、胸ビレが千切れてしまった傷もののアジが捨てられていた。

胸ビレなんかなくても、関係ない。わたしたちは、そんなアジを十匹ほど拾ってきた。寒いのでお客のいないお昼の店。そのアジをフライにした。

愛がひと口かじるなり、

「美味《うめ》！」と言った。

「あんたさあ、中二のガキとはいえ女の子なんだから、〈美味《うめ》！〉はないよ」

「そだね。美味《おい》しい、すごく……」愛は素直に言った。

「それにしても、一昨日《おととい》の左遷オジサン、さんざん力んでたね」と愛。わたしも、うなずき、

「鼻息荒くして、変な事やらかさなきゃいいんだけど」と言った。

「たとえば、会社のお金を5億円横領《おうりょう》してフィリピンに逃亡するとか」と愛。わたしは笑いながら、

「それって、昨日のBSニュースでやってた事件じゃん」

「そだったね……。じゃ、出刃包丁振り回してコンビニに乱入するとか」愛は使っていたお箸《はし》を振り回した。

「それは今朝のニュースじゃん」

「……そっか……」と愛。

そんな馬鹿な話をしながら、わたしたちは昼ごはんを食べ終えた。

愛の口の端には、フライにかけていたウスター・ソースがついている。いつもの事なのだけど……。わたしがソースをティッシュで拭《ふ》いてあげていると、店のドアが開いた。

「いらっしゃい」わたしは反射的に言った。

入ってきたのは、スーツを着た若い男だった。二十代の後半というところだろうか。地味な紺のスーツを着てネクタイをしめている。

「あの……」と彼。立ったまま、わたしと向かい合った。どうやら、お客ではないようだ。

「私、逗葉《ずよう》信用金庫の田端《たばた》と申します」と言った。

逗葉信用金庫……。葛城が勤めているところだ。わたしは少し緊張した。

「で……」

「あの、葛城課長、いや当方の葛城は今日こちら〈ツボ屋〉さんには来ていませんよね」

と田端というその男。

「いえ、今日は来てないけど……」わたしは慎重な口調で答えた。

「そうですか……」と田端。ポケットから、スマートフォンを取り出す。どこかにかけている。

「あ、部長ですか、田端です。葛城課長、こちらには来ていないようですが……」と話している。

愛が、わたしの耳元で、「やばいよ……」とささやいた。

「やばい？」

「もしかしたら、5億円の横領……」と愛。
「えぇ!?」
「たぶん、横領がばれたんだよ。で、オジサン、どこかに逃亡して……」と愛。
「まさか」とわたし。
やがて田端は、「はい、こちらの方に訊《き》いてみます」と言い電話を切った。そして、
「あの……本田《ほんだ》愛さん、ですよね」と言い、愛を見た。
「……そうだけど、何もしゃべらないからね。黙秘《もくひ》するわ」と愛。腕組みをした。

2　水仙の花束に顔をうずめて

「黙秘!?」と田端。一瞬、目を丸くして、

「そう言われても、困るんですが……」と愛に言った。

「勝手に困って」と愛。田端は、苦笑い。

「いや、これは大切な融資に関する事で……」

「融資？」と愛。

「ええ、あなたの友人のお宅のビニールハウスに関する融資です。昨年の12月に申請が出てるもので」田端が言った。

「あ……」と愛。口を半開きにした。

「それって、もしかして耕平《こうへい》君のとこの？」わたしが訊いた。

「たぶん……」と愛。「確かに12月に申請した……」とつぶやいた。

わたしも思い出した。

愛の同級生でボーイフレンドの耕平。家は、葉山の山側で野菜づくりをしている。主にトマトを作っている。

その耕平の家のビニールハウスが、去年夏の台風で壊れてしまった。再建するには、相当なお金がかかる。

そこで、葛城の信金に相談してはどうかという話になったのだ。

「もし金を貸してくれるなら助かるけど……」と耕平。

「ダメもとで、窓際オジサンに相談しようよ」

愛が言い、融資の申請書類を作ったのだ。申請人は、もちろん耕平のお父さん。だけど、作ったその書類は愛から葛城に直接手渡した覚えがある。

「つい昨日の会議で、その融資の案件が通りましてね」と田端。

「通ったんだ……」と愛がまた口を半開きにした。

「ええ、葛城課長がかなり強く推《お》しまして、無事に審査を通りました」と田端。「まあ、金額的にも小さいものだったし……」

「いくらで通ったの？」と愛。

「申請された30万円、満額《まんがく》で通りました」田端が言い、愛はうなずいた。そして、腕組み。その小さく丸い鼻を少しふくらませ、

「でも、担保《たんぽ》や利子はどうなってるの？」と訊いた。

相変わらずシビアな経理部長だ。

「うちでは、50万円以内の融資は無利子・無担保で大丈夫なんです」田端が言った。

愛が、ほっとした表情でうなずいた。

「書類を忘れていった？」わたしは訊き返した。田端はうなずいた。

「そうなんです。葛城課長、融資先へ持っていく書類の一通を信金に置き忘れていってしまって……」

「そっか……で、ここに？」とわたし。

「ええ、とりあえず来てみたわけなんですが」田端が言った。

「わかった」とわたし。「融資先に案内するわ」

「そうしてもらえると、ありがたいです」と田端。店の外に車を駐《と》めてあるという。

「5分ぐらい待ってて」とわたし。

「それで、わかった」

わたしがキッチンで火の始末をしていると、愛が言った。

「一昨日《おととい》、左遷オジサン、やたら力んでたじゃん。その理由がわかった」

「たぶん、この融資の件だったのね」

とわたし。昨日の会議で、耕平の所への融資が決まったという。娘の里香の決断に背中を押された葛城が、

「おれも男だとか力んで、会議で頑張ったんだね」と愛が言った。

「どうやら、そうみたい」

わたしたちは、猫のサバティーニにエサをやり、店の戸締りをすると外に出た。

〈逗葉信用金庫〉と描かれた軽自動車が駐まっていた。


「あそこ」と愛が指さした。

葉山。下山口《しもやまぐち》。耕平の家の手前だ。田端が運転する軽は、家の敷地に入っていく。

葛城と耕平が立ち話をしていた。

停めた車から田端がおりる。「課長、忘れ物です」と言い、一枚の書類を差し出した。それを見て、

「あちゃ……」と葛城。その広い額に汗が光った。

「とにかく、よかったね」わたしは耕平に言った。

融資の手続きを終えた葛城と田端は、軽で帰っていったところだ。

わたしたちは、畑にいた。去年の夏までビニールハウスがあったところに、いまは何もない。

「ここに新しいハウスが建つんだ……」

と愛が両手を広げた。30万円あれば、いままでの倍近い大きさのビニールハウスが建つという。耕平は、ただ無言でうなずいた。たぶん、照れている……。

「トマトの苗《なえ》を買わなくちゃ」とつぶやいた。

やがて、わたしたちが帰ろうとすると、

「ちょっと待って」と耕平。畑の端に行った。そこには水仙《すいせん》が咲いていた。

耕平の家の土地は、もともと陽当たりがいい。そんな土地の隅に水仙が咲いていた。

耕平は、ハサミを持ってくる。水仙を十本以上切る。それを愛に渡した。小柄な愛

は水仙の花束を胸にかかえ、

「ありがとう……」とだけ小声で言った。


店への帰り道。海岸道路を歩きはじめて5分。

真名瀬《しんなせ》の海岸に面したところで、わたしたちは車道を渡ろうとした。

歩行者用信号のスイッチを押して信号が変わるのを待つ。

その前を、一台のスポーツカーが、走っていく。海を眺めながらゆっくりと通り過ぎていく……。

オープンのスポーツカーには、カップルが乗っていた。運転している若い男の腕には、ロレックスらしい腕時計が光っていた。

わたしは、ふと思った。

彼が気軽に買ったロレックスは、30万円以上するかもしれない。そして、そんな30万円が生活を大きく左右する人たちもいる。

仕方ないことだけど、人生って不公平だ……。そんな事が、ふと胸をよぎった。

そのとき、立ち止まっている愛が、胸に抱いた水仙の束に顔を近づけた。

何かずっと無言でいた愛が水仙の花束に顔をうずめて、

「もうすぐ春が来るんだね……よかった……」と鼻にかかった声でつぶやいた。

その細い肩も、かすかに震えている……。

海から吹いてくる微風が、水仙の花を揺らし、爽《さわ》やかな香りがわたしたちを包んでいた。


2月に入り、春ワカメのシーズンがはじまった。

そんな午前11時。わたしと愛は、すぐそばの海岸でワカメ拾いをしていた。

「ワカメ〜　ワカメ〜　ワカメ〜　ワカメ〜」

と愛。ビートルズの〈Let It Be《レット・イット・ビー》〉、その繰り返し部分のメロディーで、〈ワカメ〜〉と歌っている。

ただし、愛は決定的に音痴なので、調子っぱずれな歌声が砂浜に流れている。

昨日は少し波が高かったので、砂浜には、千切れたワカメが打ち上がっている。

わたしたちは、ポリバケツを手に、そんなワカメを拾っていた。もちろん食材にするためだ。

「あれ？」と愛がつぶやいた。わたしも気づいた。

向こうから一人の女の子が歩いてくる。それは、葛城の娘、里香だった。何か、物想いにふけるような表情で波打ちぎわを歩いてきた。

やがて、里香はわたしたちに気づいて、

「あ……」とつぶやいた。土曜なので、コットンのパンツと長袖《ながそで》のパーカー姿だ。

やがて、わたしたちは向かい合う。

わたしは葛城に聞いた里香の進学の事を思い出す。

「その顔は、なんか悩み事？」と訊《き》いた。

「なんなら、うちでお昼食べていきなよ。わたしたちもこれからだし」と愛。

少し考えた里香は、かすかにうなずいた。


店に、パスタを茹《ゆ》でる匂いが漂っていた。

鍋《なべ》の中では、パスタがおどっている。わたしは、そこに天然塩を入れた。

作ろうとしているのは、春ワカメのパスタ。なので、塩味だ。

もう一つの鍋にも、お湯が沸《わ》いている。よく水洗いしたワカメは、適当な大きさに切る。そして、さっとお湯に入れた。

とたん！　黒っぽかったワカメは、鮮やかなグリーンになった。

ものの10秒で、ワカメをお湯から上げる。

茹で上がったパスタに、グリーンのワカメをのせ、さっと混ぜればほぼ完成だ。

店のそばの路地に咲いていたタンポポ。その花を洗い、花びらを千切って上に散らした。もともと食用になるタンポポだし、何より、グリーンのワカメとタンポポの黄色が美しいコントラストを見せている。

「はい」と言ってお皿を里香の前に置いた。

淡い塩味と、ワカメから漂う潮の香り……。

遠慮がちにひと口食べた里香は、やがて「美味《おい》しい……」と小声で言った。

「しかも、原価は45円」と愛。

「そうか。パスタ以外は拾ってきた物だもんね……」と里香。

愛は、うなずく。小さな口でぱくぱくとパスタをほおばる……。


「逗子の県立高校にいくんだってね」わたしは、ずばりと訊いた。食べ終わった食器や鍋を洗いながらだ。カウンター席にかけている里香は、ゆっくりとうなずいた。

「……もう、やめるんだ……」

「やめる？　何を？」と愛。里香はしばらく無言……。やがて、

「ピアノもたぶんやめる。優等生でいるのもやめる。いままでの自分を全部やめる、そう決めたんだ」と言った。

「でも、なぜ急に？」わたしが訊いた。

「急じゃない。前々から、なんとなく嫌だったんだ」

「へえ……」と愛。

「でも、まだ子供だったから、逆らえなかった」

「両親に？」

「っていうより、ママに」と里香。わたしと愛は、洗い物をしながら顔を見合わせていた。

「やっぱ、そうだったのね……」とわたし。里香は、硬い表情でうなずいた。そして、

「ショパンを弾いて、生徒会長もやって……そんな娘を持つのが、あのオバサンの見栄だったの」と言い切った。

オバサンかよ……。

3

声が、ふんぞり返っていた

「〈ママ〉が、いつから〈あのオバサン〉になっちゃったの？　すごい降格人事《こうかくじんじ》じゃん」

と、愛がまた難しい事を言った。

里香は、わたしが出してあげたアイスティーに口をつける。

「うーん、小さな頃はあんまり気にならなかったんだけど……」

「小さな頃？」

「幼稚園の頃からピアノをはじめて、小学三年になるまでかなあ……」と里香。

「発表会のたびにきれいなドレスを買ってもらえたから、それにつられてたんだけど……」

と言った。父親の葛城は、信用金庫の地味なサラリーマン。

だけど、お母さんの実家は相当な金持ちだという。発表会のドレスなんて、お安い御用なんだろう。

「それが？」

「小学生になってしばらくしたら、急にママが言ったの。ドッジボールを禁止するって」

「ドッジボールを？」とわたし。里香はうなずいた。

「指を怪我するといけないから、球技は全部ダメだって」

「そっか、ピアノをやってるからか……」と愛。

「それから今まで、体育の授業はほとんど見学に……」

と里香。愛がうなずき、

「確かに、体育はいつも見学してるね」と言った。愛は、里香と同じ中学に通っていて、一級下の二年生だ。

「わたし、本当は走ったりボールを投げたりしたかったんだけど、全部禁止された……」

と里香はうつむいた。

「そうしてるうちに、わたしのイメージが勝手に出来上がってしまったらしく……」

「それって、ピアノを弾くお嬢様で、生徒会長もやってる秀才？」

わたしが訊くと、うなずいた。里香は成績もいいらしい。それは愛から聞いていた。

「わたしは、そんなイメージが嫌で仕方なかったんだけど、ここに来るようになって、なおさらに……」

「ここって、わたしたちの事？」訊くとうなずいた。

「ビンボーだから必死こいてやってるのが珍しかったとか？」愛が言った。

里香は、首を横に振った。

「確かにビンボーかもしれないけど、なんかいい……」と言った。

「そんな事、初めて言われた。びっくら……」と愛。「だよね？」とわたしを見た。

わたしもうなずいた。

「でも、本当なんだ。必死でやってる二人を見てるうちに、羨《うらや》ましくなってきてた……。そんなところにもってきて、決定的なことがあって……」

「決定的？」


「あれは、去年の11月だった」と里香。

「わたしが学校から帰ってきたら、オバサン、いやママが電話で話してたんだ」

「誰と？」

「たぶん、ママ友。わたしが帰ってきたのに気づかないで話してるんだけどそれが……」

「それが、どんな？」と愛。

「いや、うちは大変よ。なんせ、娘がフォレストに通ってるでしょう、とか……」

里香が言った。フォレストは、〈フォレスト音楽教室〉。湘南《しょうなん》エリアで最高レベルの音楽教室だとは噂で聞いたことがある。

「しかも、今度、音大の附属高校に進むから、まあいろいろ大変……。そんな事を電話で話してるんだけど……」

「だけど？」わたしは訊《き》いた。里香は、ひと呼吸……。

「その声が、ふんぞり返ってた」と言った。

「声がふんぞり返ってた？」と愛。口を半開き……。

「そう。……大変よ、とか言いながら、実は、フォレストに通ってるとか音大の附属に進むとか、あからさまに自慢してるの。それが、はっきりわかったわ」

里香が言った。そして、

「小学生の頃から感じてたもやもや……その理由がはっきりしたの」

「ふんぞり返ってるママ?」わたしは訊いた。

里香は、うなずいた。

「ママが音楽を好きだと感じた事はないけど、娘を有名な音楽教室に通わせてピアノを習わせる、音大の附属高校に進学させる……。その理由の半分以上は見栄をはるためだったんだと思う」

「そっか……」とわたし。

「現に、ママ友たちの中でも、うちのオバサンはリーダーみたいな存在らしいけど、その大きな理由はわたしの事みたい」

「有名な音楽教室に通ってて、しかも秀才で生徒会長?」とわたし。里香は、渋々うなずいた。


「で、どうなったの?」とわたし。

「家庭内で内戦勃発《ないせんぼっぱつ》?」と愛。

「まあね……」と里香。「1カ月ぐらい考えて、去年のクリスマス前にママに言ったんだ。地元の県立高校に行くって。だけど、そりゃもう……」

「怒りまくった?」わたしが訊くと里香は苦笑し、

「とにかく、担任の先生に相談するって言って、結局、三者面談する事になったんだ」

「そっか……。で、担任は誰?」とわたし。

「松本《まつもと》先生」と里香。わたしと愛は同時に、

「マッちゃん!」と声に出していた。


松本先生、通称〈マッちゃん〉は、四十代の女の先生。社会科の先生だ。

体はがっしりしていて、髪はショートにしている。一見すると、体育の先生みたいだ。気さくでサバサバした性格なので、生徒には人気がある。

わたしがあの中学に通っていた頃から、生徒たちから〈マッちゃん〉と呼ばれていた。

「で、マッちゃんとの三者面談は?」とわたし。

「先々週やったんだけど……」

「で?」

「お母さんの気持ちはわかりますが、本人の意志が一番大事じゃないですか? まあ、親子でよく話し合ってみたらどうですか? と松本先生がサラリと言って、それで終わり」

「はあ……」とわたし。

「マッちゃんらしいね」と愛。

「で、お母さんは納得？」

「まさか。それ以来、家でもほとんど口をきいてないけどね」と里香。軽くため息……

……。

「内戦状態だ……」と愛がつぶやいた。


「あの……」と里香。

「それって、やらせてもらえない？」とわたしに言った。

わたしは、アジのウロコを削《そ》いでいるところだった。

シンクには、今朝魚市場で拾ってきたアジ。わたしは小型の出刃包丁を握ってそのウロコを削ぎ落としていた。

「これを？」と訊くと、里香はうなずいた。

わたしは愛を見た。愛の表情が〈やらせてあげなよ〉と言っている。

「じゃ、こっちきて」わたしは里香に言った。彼女は、カウンターの中に入ってきた。

「包丁持つの、初めてだよね？」訊くと素直にうなずいた。

ドッジボールも禁止なんだから、包丁を使うなんてダメに決まってる。

「じゃ、気をつけて握って」

わたしは言って包丁を渡した。里香は半ば恐る恐るという感じで出刃包丁を握った。

「左手で魚をおさえて、こんな感じで」

わたしがジェスチャーで示すと、里香はうなずいた。そろりそろりと、アジのウロコを削ぎはじめた。

はじめは、もちろんビクビクしながら……。

けれど、だんだん慣れてきた。出刃包丁もスムーズに動くようになってきた。

アジのウロコは、すごく細かい。そんな銀色の小さな破片が、宙に舞う。

窓から入ってくる午後の陽射しに、ウロコの破片がキラキラと光りながら漂っている。

里香は気持ちをすごく集中して、ウロコを削いでいるように見えた。

その目が真剣だ……。

いま彼女が削ぎ落とそうとしているのは、アジのウロコであり、同時に、これまでの彼女にまとわりついていた様々なものなのかもしれない……。

わたしは、ふとそんな事を思い、里香の張りつめた横顔を見つめていた。

店のミニ・コンポからは、E《エルトン》・ジョンの〈Your Song《ユア・ソング》〉が低く流れていた。

「おう、海果《うみか》」と一郎《いちろう》。「ちょっと頼みたいんだけど」とわたしに言った。

夜明けの5時半。魚市場だ。

わたしと愛は、いつも通り、捨てられている魚やイカを拾いにきていた。

「何？」とわたし。

「ああ、今日の午後、中学の野球部が練習するんだ。そこで、昼の弁当を作ってくれないかな」

と一郎。彼は漁師の六代目で、この漁協の若いリーダー。

同時に、元野球選手でもある。いま、自分が卒業した中学の野球部でコーチをしている。

中学の三学期もそろそろ終わる。なので、今日の授業は午前中で終わるという。で、午後は野球部の練習をやるらしい……。

一郎は、サバが入ったポリバケツを持ってきた。

「これで、サバの塩焼き弁当を十二人分、作ってくれないか。もちろん金は払うから」と言った。

「了解」わたしは、うなずいた。まだ店には客が少ないシーズンだ。弁当を作る余裕はある。

一郎の運転する軽トラに弁当を積み、中学に着いた。

まだ4時間目が終わっていないようだ。校庭では、体育の授業で、女子がソフトボールの試合をやっていた。体育教師の武田《たけだ》が審判をやっている。

武田は、一郎やわたしを見ると片手をあげてみせた。

ソフトボールをやっているのは、三年のクラスのようだった。……そして、その中に、なんとジャージを着た里香がいた。

4　さよならのホームラン

いつもなら制服姿で体育を見学していた里香。それが、いまはジャージを着てグラウンドにいる。

グラウンドの隅に小さなスコアボードがある。いま、ソフトボールの試合は5回。得点は3対3になっている。

4時間目が終わるまで、あと10分ほど。これが最後の回かもしれない。塁にランナーはいない。

いま、次の子がバットを持って打席に入ろうとした。

そのとき、グラウンドの外から武田の方に歩いていく女性……。

〈マッちゃん〉こと松本先生だった。このクラスの担任でもある。

ゆっくりとした足取りで審判をやっている武田に歩みよる。そっと耳打ちをした。

武田がうなずいた。そして、

「ピンチヒッター、坂口《さかぐち》！」と言った。

坂口は、里香のいまの苗字《みょうじ》だ。両親が離婚し、彼女は母親の籍に入った。

なので、苗字が葛城から坂口に変わったのだ。


里香は、ピンチヒッターに指名され、びっくりした顔……。

けど、武田が「ほら」と言って手招きした。

クラスメイトたちからも、「里香！」「行け！」と声が上がった。

里香は、ゆっくりと打席の方に歩いていく。バットを受けとった。中肉中背だけれど、スポーツが得意な雰囲気は全くない。

「里香、かっとばせ！」の声がクラスメイトたちから上がる。

わたしと一郎も「頑張れ！」とグラウンドの外から声をかけた。

「プレイボール！」と武田。

里香は、バットをかまえた。いかにも慣れていないかまえ。まあ、ほかの子たちもそうなのだけど……。

やがて、1球目。ピッチャーの子が投げた。けど、とんでもなく高い。キャッチャーの子が伸びあがってやっと捕球した。ピッチャーもたいしたことはない。

そして、2球目。投球がストライクゾーンにきた！

里香が、ぎこちないフォームでバットを振った！

それでも、バットがボールをとらえた。

にぶい音。だけどボールは、セカンドの上をこえそうだ。

「走れ！」と一郎。里香はバットを捨て、あわてて走りだした。

ボールは、セカンドの頭上をこえた！　ライトの前に転がっていく。

里香は必死な表情で1塁に走る！

ライトの子が前進してきて、ボールを捕球しようとした。

けど、トンネルしてボールを捕球しそこねた。ボールは、外野に転々ところがっていく！

「里香！　走れ！」とクラスメイトたち。里香は1塁を回って2塁に！

そうしている間にも、ボールは何もない校庭をころがっていく。

それを見た里香は、2塁を踏んで、3塁に向かう。

ライトの子が、やっとボールに追いついた。

里香はもう3塁を踏もうとしていた。

「行け！」

「ホームに突っ込め！」

の声が上がる。里香は、３塁を踏んでホームに向かう。

顔は紅潮して、走りもギクシャクしている。後ろで結んだ髪が揺れている。

それでも、ホームベースに向かって走る！

ライトの子が何とか内野に返球した。それをショートの子が中継し、ホームにいるキャッチャーに投げた。

里香は、ホームまであと３メートル！

けど、ボールはキャッチャーに届く！

間に合わない。アウト。わたしは、そう思った。

ところが、ショートからきた送球はキャッチャーの手前でバウンド。

キャッチャーがそれを捕球しそこなった。ミットからこぼれる。

次の瞬間、里香は上半身からホームベースに滑り込んだ！

キャッチャーがこぼれたボールをつかんだとき、里香の両手は、しっかりとホームベースに届いていた。

「セーフ！」と審判の武田。

ランニング・ホームラン！　クラスメイトたちから、大歓声が上がった。

「やったじゃん！」「すごーい！」という叫び声！

本人は、ホームベースに手を置いたまま、うつ伏せで荒い息をしている……。

……やがて里香は顔を上げた。汗と土にまみれた頬が、やっと微笑んだ。

里香のこんな笑顔を初めて見たと、わたしは思った。

その5日後。うちの店。夜の6時。

「そっか、卒業式、だめなんだ……」と愛がつぶやいた。

葛城は、カウンター席でうなずいた。

「里香は、元妻の籍に入っているからね……」と言った。

明日の土曜は、中学の卒業式だという。けれど、戸籍上、里香の保護者は母親。なので、葛城は卒業式に出席できないらしい。

「残念ね……」とわたし。

「せっかく里香が卒業生代表で挨拶《あいさつ》するのに……」と愛。明日の卒業式では、これまで生徒会長だった里香が、卒業生代表で挨拶する事になっているらしい。

「でも、卒業式なんて、決まりきったものだから、まあいいよ」

と葛城が言った。けれど、それはかなり無理して言っているようにも見えた。

「なんとかならないかなあ……」とわたしは食器を洗いながらつぶやいた。葛城が帰って行ったあとだった。

「うーん……」と愛。何か考えている。やがて、「あっ、その手があるかも……」と言った。

「……その手？」

翌日。午前9時50分。葛城が店にやってきた。

土曜日なので、昼前からお客が来る可能性がある。けど、愛はいま、在校生として卒業式に行っている。そこで、「開店準備があるから、早めに来て」と葛城に連絡したのだ。

9時55分。「それにしても、ちょっと早くないか？」と葛城。

「まあ、これでも見てて」わたしは言った。カウンターの上に、自分のスマートフォンを横向きに置いた。

その画面に葛城の目は釘《くぎ》づけになった。

画面には、卒業式の様子が映っていた。

在校生として式に出ている愛が、自分のスマートフォンから映像を送ってきているのだ。

ITに詳しい愛なので、卒業式の様子はきれいな画像で送られている。音声もはっきりと聞こえる。

「つまり、リモート参加ね」わたしは言った。

カウンター席にかけた葛城は、わたしのスマートフォンを両手で持ち、じっと見つめている……。

いまは、壇上で校長が挨拶をしている。馬淵《まぶち》という校長は、顔も馬のように長いが挨拶も長い。

それも、やっと終わった。そして、10時15分。

「では、卒業生代表として坂口里香さん、ご挨拶をお願いします」という声。

里香が、落ち着いた足取りで壇上に……。会場に向かって一礼。

葛城は、食い入るようにそれを見ている。

里香は、A4ほどの紙を手にしていた。その左手には、白い包帯が巻かれていた。

約1週間前のソフトボール。里香はホームベースにスライディングした。そのとき、左手を擦りむいたのだ。

いま、包帯をした手で紙を持ち、里香は挨拶をはじめた。

しばらくは、型通りの挨拶。学校関係者へのお礼……。里香は、落ち着いた口調で挨拶をしていく。

けれど、しばらくしたところで、その口調が微妙に変わりはじめた……。


わたしも、葛城の斜め後ろからスマートフォンの画面を見ていた。

里香は、持っていた紙を置いた。そして、ひと息……。

「いま卒業していく皆さん、そしてわたしにも、この中学で過ごした3年間はかけがえのないものでした」

と紙を見ずに話しはじめた。

「わたし自身で言えば、嬉《うれ》しい事も、悲しい事もありました……。楽しい事も、ときには辛《つら》い事も……。でも、それら全てを含め、この3年間の日々がわたしにくれたものは、言葉にできないほど大きかったと思いたい……」

里香がそう口にしたときだった。会場が、静まり返った。

生徒会長で秀才の里香。そんな彼女にも、さまざまな出来事があった。両親の不仲、離婚。そして、進路先の変更という大きな決意……。

そんな事を、多くの人たちが知っているらしい。

「……たとえ辛いときも、迷うときも、なぐさめ、元気づけてくれたのは、この学校のみんなでした」

自分の気持ちを、一切飾らずに話している里香。

その目は潤み、声が鼻にかかっている。胸の内に抑《おさ》えていた何かが、思わずあふれ出てきたのだろう……。

「今日、わたしたちはこの中学を巣立ちます。……そんなみんなの胸にも……この3年間のさまざまな出来事が輝き続けて欲しい……」

と里香。卒業生や保護者の中には、ハンカチを目に当てている人もいる。

「……この先、どんな事が待ち受けているとしても……この中学で過ごした日々が、温かく、そして力強くわたしたちの背中を押してくれる事を、心の底から祈っています。……みんな、いままでありがとう！」

里香は、鼻にかかった声でそれだけを言い切った。

そしてゆっくりと一礼。壇上からおりる。

すると、十人ほどの卒業生たちが里香に駆け寄った。みな、目を赤く潤ませながら里香を囲んでいる……。

ふと後ろから見れば、葛城の肩が小刻みに震えている。そして、グスッと洟《はな》をすする音。

わたしは、ティッシュペーパーの箱をそっと葛城のそばに置いた。

「今日は、花粉がいっぱい飛んでるみたい……」

そう言うと、葛城を残してそっと店を出た。

青い空を見上げて、深呼吸……。

隣りの家から伸びている桜の枝。ふくらみかけているその蕾《つぼみ》の淡いピンクが、少しにじんで見えた。


「耕平、しばらく学校を休む?」と愛。「まだ、新学期がはじまったばかりなのに」と言った。

耕平は、「それがさ、仕方ないんだ……」とつぶやいた。

5　福沢諭吉《ふくざわゆきち》も苦笑い

「なんで、しょうがないの？　なんで学校休むのよ」と愛。

「新学期、はじまったばっかりじゃない」と口をとがらせた。

「それがさ、トマトの苗付けがあって……」と耕平。

「トマトの苗……」愛がつぶやいた。

葛城の頑張りもあって、耕平の家は30万円の融資をうけられた。その資金で、立派なビニールハウスが完成したのは、つい10日前。春休みの間だ。アルミの骨組みがしっかりしていて、今までとは比べものにならないビニールハウスができた。ちょっとした体育館ぐらいの広さがある。

「で、トマトの苗を注文して、それが４日後に届くんだ」と耕平。

「その苗って、どのぐらいなの？」と愛。

「500株」と耕平。

「500⁉」わたしと愛は同時に声を上げていた。

「すごいね……」とわたし。耕平はうなずいた。

「あのビニールハウスだと、そのぐらいは育てられるんだ。ただ……」

「ただ？」と愛。

「その苗を土に植え付けるとなると、4、5日は学校を休まないと……」と耕平。

「そっか……お父さんはまだ大変みたいだしね……」わたしは、つぶやいた。

耕平のお父さんは、少し以前に緑内障《りょくないしょう》を発症してしまった。いまは、とても仕事が出来る状況ではない。

トマトの苗は、耕平が一人で植え付けるしかないのだろう……。


「で、休む事は学校に言ったの？」わたしは訊《き》いた。耕平は、うなずき、

「今日、担任の松本先生に話した」と言った。

「え⁉　担任、もしかしてマッちゃんなの⁉」とわたし。

「もしかしなくても、マッちゃんだよ」と愛が言った。

いまは、新学期がはじまったばかり。愛や耕平のクラス、その新しい担任はマッち

ゃんこと松本先生だという。

　そのときだった。

「松本先生がどうしたって？」という声。

　店のドアが開き、体育教師の武田が入ってきたところだった。

●

「とりあえず、ビール」

と武田。いまは5時半。学校からの帰りらしく、ポロシャツにジーンズというスタイルだ。

　わたしが出したビールを、武田はぐいっとひと口。

「そろそろビールの美味《うま》い季節になるな」と言った。ちらりと腕時計を見た。

「誰かと待ち合わせ？」わたしは訊いた。

「ああ、臨時の職員会議ってとこかな」

と武田が言ったとたん店のドアが開き、入ってきたのはマッちゃん先生だった。わたしに、

「おお、海果！」と片手をあげた。

　武田の前にあるビールのグラスを見て、「おやっ、ビール美味《おい》しそう」と言った。

「すげえ……」と耕平がつぶやいた。マッちゃんが、ビールを飲んだところだった。グラスのビールを、一気に半分以上飲んだ。そして、ふーっと息を吐いた。

その見事な飲みっぷりを見た耕平が、思わず〈すげえ……〉とつぶやいたのだ。マッちゃんは、そばにいた耕平の肩を叩《たた》き、

「あのね、耕平。ビールをちびちびと飲むような男になっちゃダメだよ。わかった?」

と言い笑顔を見せた。


「なんとかやってるじゃないか、海果」

とマッちゃん。ビールのグラスを手に店内を見回し、

「中学生の頃は、どうなるかと思ってたけど……」とわたしに言った。

隣りで飲んでいる武田が、

「あの頃の海果といえば、なんといっても福沢諭吉《ふくざわゆきち》の件。あのときは笑えた。……もう時効《じこう》だから話してもいいよな」と言った。

「福沢諭吉って? なに、なに?」

愛が、興味津々《きょうみしんしん》という表情で訊いた。マッちゃんはビールをひと口、

「あるとき、中間テストで、あの福沢諭吉の格言を使った事があったんだ」と言った。

「福沢諭吉の格言って、〈天は人の上に〉ってあれ？」と愛。

「そういう事……」と武田。

わたしは、カウンターの中でイカの刺身を作っていた。ひたすら無言で……。

「職員室でそのテストの採点をしてた松本先生が、思い切り吹き出したんで、周囲にいたおれたちもその答案を見にいったんだ」と武田。

「〈天は人の上に『　』をつくらず〉っていう文章で、カッコの中に言葉を入れる問題だったんだけどね」とマッちゃん。

「そんなの簡単じゃん。〈天は人の上に人をつくらず〉でしょう？」と愛。

武田もマッちゃんもうなずいた。

「ところが、その答案はこうなってた。〈天は人の上に『家』をつくらず〉」

と武田。

「それを見たときは、さすがに吹き出したよ」とマッちゃん。

「当の福沢諭吉も、あの世で苦笑いしてるだろうな」と武田が笑いながら言った。

「そりゃまあ……。で、そのファンキーな答案を出したのって誰？」と愛。

マッちゃんも武田も、苦笑しながら、カウンターの中で包丁を使っているわたしを

見ている。

　愛がはっと気づき、

「それって、海果だったの？」

　と言った。わたしは、無言でイカの刺身を作っていた。ぼそりと、

「お爺《じい》ちゃんの漁の手伝いや、お店の手伝いが忙しくて、勉強する時間がなかったんだ……」とつぶやいた。

「……わかってるよ……」

　とマッちゃんが優しく言った。微笑してわたしを見ている。店のミニ・コンポからは、小野《おの》リサのボサノバが低く流れている。


「トマトの苗付けを、社会科の実習で？」

　わたしは、思わず訊き返していた。マッちゃん先生は、ビールのグラスを手にしたまま、はっきりとうなずいた。

「それって、以前から考えてた事でね……」

とマッちゃん。わたしが出したマルイカの刺身を口に入れ、ビールをひと口……。

「本当に大切な事は、教科書の中には無いように思うんだ」と言った。

隣りで飲んでいる武田も、かすかにうなずいた。

「ほら、海果たちが学校で弁当を売ってくれてるじゃない？」とマッちゃん。ちょっと話題を変えた。

わたしと愛は、うなずいた。それは、体育の教師である武田から頼まれた事だ。

このところ、昼ご飯が貧弱な生徒がふえている。

家の都合で、弁当を持ってこられない。しかたなく、購買部で一、二個の惣菜《そうざい》パンを買ってすませる。

そんな子がふえて、その結果、生徒たちの体格や体力が落ちる一方だと……。

〈そこで海果や愛に頼みがある〉と武田に言われたのだ。

その頼みとは、ひとり親家庭とかで経済的に貧しい子たちでも買えて、そこそこ栄養がある弁当。

それを学校で販売してくれないかという頼みだった。

わたしたちは考えて、やってみる事にした。

幸い、初夏から秋、葉山の沖にはマヒマヒなどの魚が回遊してくる。

マヒマヒは美味しい白身魚なのに、見栄えが悪く、なじみがないので魚の市場では無視されている。浜値《はまね》がつかないので、獲《と》れても捨てられている。

わたしは、一郎に頼んでマヒマヒを釣る事にした。

マヒマヒは大きな魚なので、一匹釣れば、三十人分以上のオカズになる。それを使えば、かなり安くて栄養価のある弁当ができそうだった……。

実際にトライして、なんとか出来た。

そして、その弁当作りは、いまも続いている。


「それでさ、海果たちの弁当と一緒に、耕平のトマトも売ってるじゃない?」とマッちゃん。

わたしは、うなずいた。そう……あれは、去年からだ。

耕平が作るトマトは、形や大きさがバラバラ。ときにはいびつ。

ほとんど農薬を使っていないので、ところどころに虫喰《むしく》いがあったりする。

そのせいで、スーパーはもちろん、普通の青果店でも売れない。

そこで、ビニール袋につめ、〈耕平くんの、ぶさいくなトマト〉とラベルを貼り、直売している。

うちの店にも置いている。そして、学校で弁当を売るとき、となりに耕平のトマトを並べている。

初めは反応がいまいちだったけれど、最近ではよく売れている。見栄《みば》えは悪いが美味《おい》しい。その噂が広まりはじめている。

◆

そんな話をしていると、店のドアが開いた。男性二人のお客が入ってきた。

「やってますか？」とその一人。

「どうぞ、どうぞ」愛が、愛想よく言い、二人を隅のテーブル席に案内した。

二人とも三十代だろうか。ネクタイはしていないけれど、上着は着ている。近所の人ではなさそうだ。

「ええと、ビールと何か肴《さかな》になるものをもらえます？」とそのお客。わたしは、カウンターの中で、うなずいた。

ちょうどさばいたばかりのマルイカがある。わたしはそれをお皿に盛った。愛がテーブル席に運んでいく。

◆

「あれは、去年の秋だった」とマッちゃん。話を続ける。

「耕平のトマトが話題になってた頃だったの。それで、わたしは一年生の授業で訊《き》いたの。トマトって、誰が、どんなふうに作ってるかって」

マッちゃんは、そう言うと苦笑い。

「トマトは、スーパーの裏で店員さんが作ってるって言う子がいたの」

6　かっこいいカツラは、どうだろう

さすがに、わたしたちも笑った。

「木になってると言う子でも、その木がどんなかは全然知らないの」とマッちゃん。

「これはまずいなあと思った。一度も木になっているトマトを見た事がない子が、どんな育ち方をしてどんな大人になるのか、すごく気になるのよ」

と言った。隣りにいる武田もうなずいた。

「それで、社会科の実習で、トマトの苗付けを？」

「そう。今日、耕平から苗付けの話を聞いたとき思ったの。これはチャンスだと」

「そうか……」と武田。

「トマトの苗が届く4日後……三年C組の6時間目は、体育よね」とマッちゃん。

三年C組は、愛や耕平のクラスだ。

武田はスマートフォンを出し確認する。

「そう、その日、三Cの6時間目は体育」

「その前の5時間目は、わたしの社会科なの」とマッちゃん。

「そうか……。5時間目の社会科と6時間目の体育をつなげれば、かなりの時間になる」と武田。マッちゃんがうなずいた。

「それだけの時間、クラス全員の生徒たちがトマトの苗付けをやれば、かなりはかどると思う」と言った。聞いていた耕平の表情が明るくなった。

「確かに。それは、生徒たちにとっても、いい体験になるな」と武田。「ぜひ、やろう」と言った。


そのときだった。隅のテーブルで飲んでいたお客が、ゆっくりと立ち上がった。

「あの、突然で申し訳ないのですが……」と、わたしたちに言った。

お客の一人は40歳ぐらいだろうか。ベージュの上着を着ている。もう一人は、少し若い感じだ。ヒョロリと背が高い。

「実は、わたしどもはこういうもので」
　とその二人。上着のポケットから名刺を出した。わたしたち全員に、それを渡す。
ベージュの上着の方は、
〈NHK　報道局　プロデューサー　柏木達夫《かしわぎたつお》〉
　となっていた。ヒョロリとしたもう一人も、同じNHKの報道局、ディレクター。
名前は、瀬川吉則《せがわよしのり》となっている。
「NHK……」と武田がつぶやいた。柏木がうなずき、
「NHKの中でも、主にドキュメンタリー番組をつくっておりまして」と言った。
　今度は武田がうなずき、
「私は、葉山第二中学で体育の教員をしている武田、こちらが社会科の松本先生です」
　と言った。そして、
「で、彼女たちは……」と武田がわたしたちを紹介しようとすると、柏木が微笑した。
「存じてます。フードロスと闘っているお嬢さんたちですね」と言った。
　もう一人の瀬川が、
「確か、海果さんと愛ちゃんですよね」と言った。わたしも愛も、口を半開き……。

「じゃ、この店に来たのは偶然じゃなくて？」

わたしが訊くと、柏木はうなずいた。柔らかな表情で、

「噂は以前から聞いていました。魚市場で捨てられそうになった魚介を使ってお店をやっていると……」わたしと愛は、顔を見合わせた。


「まあ、タネ明かしをすると、これなんです」

と柏木。椅子に置いたカバンから一冊の本を出した。わたしと愛は同時に、

「あ……」と声を出した。

それは写真集。あの俳優の慎《しん》が出したものだ。

写真集のタイトルは『生きている』。その表紙の写真は、わたしと愛だ。

ポリバケツに入れたサバを、二人で運んでいる瞬間だ。

一郎に安く売ってもらったサバが、かなり大きなポリバケツにてんこ盛り。それを、二人で運ぼうとしている瞬間を撮った写真だ。

二人とも必死な表情でポリバケツを運ぼうとしている。その懸命さがよくて、この一枚を表紙にしたと慎は言っていたけれど……。

「この写真集は、去年、うちNHKのBS番組で紹介しましたよね」と柏木。

「わたしたちも、興味深く観させてもらいました」と言った。

そうか……。わたしは、胸の中でつぶやいた。

「あの番組は、内海《うつみ》慎さんにロング・インタビューしてそれを編集したものだけど、オンエアーされてない部分もかなりありましてね」と柏木。

「オンエアーされてない部分？」

わたしは訊《き》き返した。柏木はうなずき、

「たとえば魚市場で捨てられかけた魚やイカを使ってお店をやっているとか……」と言った。

「わたしたちは、フードロスを防ぐという視点から、とても興味深く観ました。ただ、それを不衛生ととらえる視聴者がいないとは限らない」

「……そっか……」愛がつぶやいた。

「そうなると、このお店にかえって迷惑をかけてしまいます。なので、内海慎さんのコメントから、そのところはカットさせてもらったんです。わかっていただけますよね？」

と柏木は微笑した。

「新しいドキュメンタリー？」わたしは、訊き返した。

「そうなんです。日本の食に関するドキュメンタリーのシリーズを制作する事になりましてね」と柏木。

「魚でいえば漁獲量の減少。農業でいえば、後継者《こうけいしゃ》の不足。おまけにフードロスなどなど……。日本の食は問題だらけです」と言った。

聞いていたマッちゃんが、小さくうなずいた。

「そんな日本の食について、真剣に切り込むドキュメンタリー番組をつくることになったんです」と柏木。

「その取材の意味もあって、ここに来てみたんですけど……。とりあえず、さっき耳にはさんだ話、社会科の実習でトマトの苗付けをするってのは面白い」と言った。


「苗付けの実習を取材撮影する？」

思わずわたしは訊き返していた。

「ええ。もしよろしければ、４日後、ぜひ撮影させていただきたいですね」と柏木。

「いかがでしょうか、松本先生」とマッちゃんに訊いた。

マッちゃんは、ほんの３秒で、

「もちろんいいわよ」とサバサバした口調で言った。

「テレビに映るとなれば、生徒たちも張り切るだろうしな」と武田。

「ありがとうございます。では、さっそく明日にでも学校に伺い、校長先生とお話しして、打ち合わせしたいと思います」と柏木が言った。


「よかったね」わたしは耕平に言った。柏木たちが帰っていった後だった。

「みんなが手伝ってくれたら、一気に苗付けができるかも……」と愛が言った。

「あ、ああ……」と耕平。少し口ごもった。

わたしには、耕平の気持ちがなんとなくわかった。

グラスのみんなが苗付けを手伝ってくれる。それはそれで嬉《うれ》しいのだけど、みんなに借りをつくるようで、男の子としては、ちょっと複雑な思いがあるのだろう。でも、

「まあ、気楽にやってみようよ」わたしは耕平の肩を叩《たた》いた。


「え、オジサンもテレビに映るの？」

と愛が訊き返した。

翌日の夕方だ。いつものように、葛城が店の手伝いにきた。そして、遠慮がちに言った。

トマトの苗付けのテレビ撮影に、葛城も出る事になったと……。

「それって？」さすがにわたしも訊いた。

葛城は説明しはじめた。

「今回の番組は、小規模農家と、それを助ける同級生たちのドキュメンタリーって事らしいんだ」

そこで、あのビニールハウスを作るための資金を融資した信用金庫の担当者にも、テレビに出て欲しい。そんな連絡が、NHKの柏木からきたという。

「それで、テレビに出る事にしたの？」とわたし。

葛城は、かなり照れた顔。

「まあ、出るしかないようだな。信金の方でも、宣伝のために出てくれと言ってるし……」


「うーん……」

と愛。腕組みして、何か考えている。夜10時過ぎ。葛城が帰っていったところだ。

「何よ」とわたし。愛はしばらく考え、
「左遷オジサン、テレビに映るのはいいけど、あのままじゃ、さえないなあ……」と
つぶやいた。
「かっこいいカツラとか、どう？」とわたし。
「カツラか……。どうかなあ……」と愛。しばらく考え、スマートフォンを取り出し
た。誰かにラインを送っている。

　2日後。午後4時。店に里香がやってきた。
彼女は、自分の意志を通し、逗子にある県立高校に通いはじめている。なので、新
しいブレザー型の制服を着ていた。
「少し久しぶり」とわたし。里香は微笑んだ。それは、何か、吹っ切れたような笑顔
に見えた。
「愛は？」と里香。
愛はいま、耕平のところに行っている。
明日は、苗の植え付け。テレビの撮影クルーも来る。
苗を植え付けるためには、地面の土を軽く掘り起こし、柔らかくしておく必要があ

るらしい。

愛はいまその手伝いに行っている。

その事を言うと里香はうなずく。

「これ、お父さんに」と言って、紙袋を差し出した。何か、ことづけ物らしい。

「お父さんに渡しておけばいいの？」と訊《き》くと、里香はうなずき、「じゃね」とだけ言い店を出ていった。

夕方の5時半だ。

「里香が？」と葛城。ちょっと不思議そうな表情。里香が届けた紙袋を手にしている。

「さっき、届けにきたの」とわたし。

「開けてみなよ」と愛が言った。

葛城は、ゆっくりと紙袋を開ける……。

7　三年C組のビニールハウス

包みが二つ。一つは細長く、もう一つは小さい。両方ともきれいにラッピングされている。

葛城は、まず細長い方の包みを開けた。渋い色だけど、かなりお洒落《しゃれ》なストライプのネクタイだった。

次に小さな包み……。出てきたのは、ネクタイピンだった。これも、シンプルだけど洒落たデザインのものだ。

葛城は、それを手にしてじっと見ている……。

やがて、紙袋に入っている一枚のメモ用紙に気づいた。それを手にとった。

メモ用紙には、〈テレビ出演用〉と里香の上手な字で書かれていた。

わたしには、すぐにわかった。

葛城は、お洒落とかを全く気にしないたちらしい。スーツはいつもグレーの地味なものを着ている。

それはいいのだけれど、ネクタイとネクタイピンが、いつもさえない。ひと目で安物とわかるネクタイをしめ、タイピンをしている。

そこで、里香がこれを……。

「しかし……わたしがテレビに出る事をなぜ里香は知ったんだろう……」と葛城はつぶやいた。

あえて嬉《うれ》しさを抑えた表情で、そのネクタイとピンをじっと見つめている……。

わたしには、その理由がわかっていた。

一昨日《おととい》の夜、愛が誰かにラインを送っていた。あの相手は里香だったんだろう……。

けれど、愛は知らん顔。

「噂よ、噂」とだけ言った。

翌日。午後1時過ぎ。

「あの、そんなに緊張しないでいいんですが……」

とディレクターの瀬川が葛城に言った。少し離れて見守っているプロデューサーの柏木も、軽く苦笑している。

耕平のビニールハウス。その近くには、トラックが駐《と》まっている。その荷台から、業者がトマトの苗を次つぎとおろしてくる。

耕平と、すでに集合している三年C組の生徒たちが、ワイワイとそれをビニールハウスの中に運び込む……。

生徒たちは、みな体育のときのスタイル、膝《ひざ》たけのジャージ姿だ。

マッちゃんや武田は、それを見守っている。

苗を運んでいる耕平や生徒たちを、一台のカメラが撮っていた。

そして、ビニールハウスを背景に立っている葛城に、もう一台のカメラが向けられている。

葛城は、ガチガチに緊張していた。直立不動で、カメラを見ている。

「じゃ、回してみますか」とディレクターの瀬川。

女性レポーターらしい人が、葛城にマイクを向けた。カメラが回りはじめた。

「お聞きしたところによると、このビニールハウスを建てる資金は、葛城さんの信用金庫が融資したとか」と彼女。葛城は、半ば引き攣《つ》った表情のまま。

「はい、わたくしどもの信用金庫で融資をさせていただきまして……」とこわばった口調で話しはじめた。そのとき、

「カット！」という声。近くにいた愛だった。


カメラが止まった。愛は、葛城のそばにいく。口をとがらせ、

「オジサン、ダメだよ。そんなに固まってちゃ」と愛は葛城の耳元で言った。

それは、近くにいるわたしたちにも聞こえた。

「ほら、里香がくれたカッコいいネクタイしてるんだから、もっと堂々として……」

と愛。

葛城は、はっとした表情。自分の胸元を見た。その胸には、里香がくれたネクタイ。紺色に細いストライプの入った洒落たネクタイ……。

葛城は、片手でそっとネクタイにふれている。

1秒、2秒、3秒……。そして、深呼吸……。硬かった表情が、しだいにほぐれてきた。

そして10秒ほど……。葛城はディレクターの瀬川に、

「すみません。もう一度、お願いできますか？」と言った。

瀬川は微笑し、「もちろんです」とうなずいた。そして、

「じゃ、テイク2《ツー》」と言った。


女性レポーターが葛城にマイクを向け、さっきと同じ質問をした。

葛城は、ゆっくりとうなずいた。その表情が、別人のように落ち着いている。

「ええ、私どもの信用金庫で融資をさせてもらいました」とよどみなく言った。

女性レポーターは、相変わらず葛城にマイクを向けている。

「……この農家のような小規模事業者に資金援助をするのが、地域に根ざした私たち信用金庫の役割だと考えています」

葛城は、落ち着いた口調で話している。

ディレクターの瀬川もプロデューサーの柏木も、うなずいている。平凡ではあっても、一番欲しいコメントがとれているらしい。さらに、

「いまや、日本の食料自給率は4割を切っている状況で……」と葛城が話している。

そこは編集でカットされるのかもしれないけれど、葛城は熱心に話している。

柏木や瀬川たちも、無言でそれを見守っている……。

「まず、こうやって穴を掘って……」と耕平。

ビニールハウスの中で同級生たちに説明している。

10センチ四方ぐらいのプラスチックのような容器があり、土が入っている。

その土から、30センチほどのトマトの苗がのびている。

よく花屋や園芸店の店頭で見かけるのと同じだ。

このプラスチックみたいな容器は、〈ポリポット〉と呼ばれていると、耕平に聞いた事がある。

耕平は、両手で、耕《たがや》した柔らかい土に小さな穴を掘る。

そして、ポリポットから出した土と苗をその穴に入れる……。

苗がまっすぐ立つように。

あとは、周囲の土を苗のまわりにきちんと盛って植え付けが終わる。

「オーケイ。じゃ、みんなでやってみよう」とマッちゃんが言い、生徒たちが作業をはじめた。二台のテレビカメラがその光景を撮っている。

「おっ」ディレクターの瀬川が小声でつぶやいた。

カメラマンの肩を叩《たた》く。そして、指をさした。

指をさした方向には、葛城がいた。

いま、生徒たちはワイワイと苗の植え付けをやっている。その隅に、葛城がいた。用意してきたらしいゴム長靴を履いている。そして、生徒たちの脇《わき》で苗の植え付けをやっていた。

肩を叩かれたカメラマンは、カメラをかついで、そっちに歩く。ディレクターの指示が、即座にわかったらしい。

スーツ姿で、ゴム長を履き、植え付けをやっている葛城にカメラを向け撮りはじめた。

もともと不器用らしい葛城は、それだけにすごく丁寧《ていねい》に苗の植え付けをしている。

一生懸命に手を動かしている葛城は、カメラで撮られているのに気づいていないようだ……。

「ゴール！」の声が響いた。声を上げたのは、男子生徒の一人だった。

午後3時半。すべての苗付けが終わったところだった。

さすがに、クラス全員でやっただけの事はある。

ビニールハウスの中には、整列するように、トマトの苗が植えられていた。

「やったじゃん！」という声。男子生徒の何人かが、土のついた手で耕平とハイタッチをしている。


生徒たちは、ビニールハウスの外で手を洗っていた。ずっと手伝っていたわたしも手を洗いタオルで拭《ふ》いた。

そんな生徒たちに、カメラが向けられる。女性レポーターが、

「どうだった？」と訊《き》くと、

「面白かった！」とひたすら元気に答える男子生徒。

「トマトがどうやって育つのかを体験できて、良かったです」と優等生的な答えをする女子生徒。

四人目にカメラを向けられた愛は、

「耕平くんの、ぶさいくなトマト、よろしく！　葉山・森戸の〈ツボ屋〉で販売予定！」と抜け目なくPRをする。

そのとき、一人の生徒が、太いサインペンで、ビニールハウスの出入り口のわきに

〈三年C組〉と描いた。

ディレクターの瀬川がそれをじっと見ている。

そして、マッちゃんの所に行き、「ちょっと、こちらに来ていただけますか?」と言った。

〈三年C組〉と描いてあるその横にマッちゃんが立った。カメラが向けられる。

レポーターがマッちゃんにマイクを向け、

「松本先生、このビニールハウス、三年C組だそうですが……」

と言った。マッちゃんは苦笑いをして、

「そうみたいね」と言った。

「今日の授業は、とても有意義だったように見えましたが……」とレポーター。マッちゃんは、うなずく。

「百の言葉より、一つの体験……。わたしはそれをモットーにしているのですが、このビニールハウスは最高の教室でしたね」

そんな事を話しているマッちゃんのすぐ後ろで、ふざけたポーズをとっている男子生徒が三人。

ふり向いて、「コラ!　お前たち!」とマッちゃん。

わたしや愛は、そんな光景を眺めていた。わたしは、いつか観た『陽の当たる教室』という映画のタイトルをふと思い出していた。

遅い午後の陽が、ビニールハウスの中に射し込み、トマトの葉を光らせていた。まだ小さなトマトの葉が、ハウスに入ってきた微風をうけ、かすかに揺れている。

〈植えてくれてありがとう〉とでも言うように……。

その3日後だった。あの慎からラインがきた。

〈海果、ちょっと久しぶり。元気？〉とあり、

〈ちょっと知らせたい事があるんだ。それに関して、頼み事もあって〉と書かれていた。

8　思い切って、800円のワンピースを買った

〈知らせたい事って？〉わたしはラインを返した。

〈それが、去年つくったあのテレビCMが大きな広告賞のグランプリに選ばれたんだ〉と慎。

〈広告賞？〉と訊くと、慎が説明しはじめた。

〈全日本コマーシャル・フィルム協会〉、英語だと〈JCFA〉という協会があるという。そこでは、年に1回、すぐれたCMを選び表彰するらしい。

〈去年1年につくられたCMの中で、優秀な作品を選ぶんだけど、そのグランプリに、小織《さおり》ちゃんを起用してつくったあのCMが選ばれたらしい〉

と慎。さっき、その通知がきたという。

〈すごいじゃない〉とわたし。

〈まあ、日本で一番大きなCMの賞だからね。スタッフたちも大喜びしてるよ〉と慎。

〈そりゃそうよね〉

わたしは、そんなラインを送って、思い返していた。あのCMの事を……。


その CMの広告主は、〈チャイルド・レスキュー基金〉。

この時代、ひとり親家庭とかさまざまな理由で、ろくに食事が出来ない子供たちがいる。

そんな子供たちを救うために、募金を集めるための基金だ。

そういう基金は多いのだけど、その〈チャイルド・レスキュー〉は歴史があり、〈日本のユニセフ〉とも呼ばれているらしい。

そこからCM制作の依頼をうけて、慎は引き受けた。

そんな慎に、あるヒントをあげたのは、愛やわたしだ。

トマトを作っている耕平の二軒隣りの家に、小織《さおり》という女の子が住んでいる。

去年は、まだ小学四年生だった。

小織の家は、母子家庭。パートで働くお母さんの収入でぎりぎりの生活をしていた。

そんな小織が、ふとしたきっかけから海に潜ってムール貝を採りはじめた。

ヨット・ハーバーの桟橋にびっしりとついているムール貝を潜って採りはじめたのだ。そのムール貝は、うち〈ツボ屋〉で買い取ってあげた。

それにしても、強烈な対比だった。

人々が優雅な時を過ごすヨット・ハーバー。その端で、生活のために、海に潜って貝を採っている少女……。

その事を話すと、慎は何回も深くうなずいた。

そして、しばらくすると。こんなメッセージを書いた。

『両親とともに、
海の上のヨットで、
夏を過ごす子供がいる
ノートや鉛筆を買うお金のために、
海の中で、
貝をとる子供がいる』

そんなメッセージだ。初めてそれを見たわたしの腕には鳥肌が立っていた。

〈海の上をヨットでクルージング〉

〈生活のために、海の中で貝をとる〉

その対比にすごいインパクトがある。見た人の心に突き刺さるような……。

そして、慎のメッセージには、そのままの映像がついた。

穏やかな海の上。優雅にクルージングしている親子の光景。

そして、対照的にハーバーの岸壁で、採ったムール貝を持っている小織の姿……。

最後に、

〈たまたま恵まれない暮らしをしている子供たちに、ご支援をお願いします。〉というチャイルド・レスキュー基金からのメッセージ。

そのCMがオンエアーされると、すごい反応……。すぐさま多額の献金が寄せられはじめたらしい。そして、何億円という献金が集まったという……。良質で心のこもったCMが、多くの人々の気持ちを動かしたのだ。

〈あのCMが、広告賞のグランプリ?〉わたしが訊《き》き返すと、
〈そう。頑張って作ったかいがあったな〉と慎。
〈で、その授賞式が10日後にあるんだけど、そこに来て欲しいんだ〉という。

〈授賞式に？〉

〈ああ。あのCMは小織ちゃんや、彼女の事を教えてくれた海果たちがいたから完成したものだからね。海果はもちろん、小織ちゃんも愛ちゃんも出席して欲しいんだ〉

と慎。

〈はあ……〉

思わず、わたしは返信した。そんな公式の場に、わたしたちみたいな小娘が……。

わたしが返信をためらっていると、

〈絶対に来て欲しいんだ。小織ちゃんも愛ちゃんも〉と慎からのライン。

〈わかった。相談してみるね〉


「どうしようか……」わたしはつぶやいた。

午後4時。うちの店。学校帰りの小織も、ランドセルをしょって来ている。

「その授賞式って、どこでやるの？」と小織。

「なんでも、高輪《たかなわ》プリンスホテルのパーティー会場だって」わたしは慎から聞いた通りに言った。

「わあ……一流のホテルだ……」と愛。

「なんか緊張しそうだし、どうする？」とわたし。

「でも……」とランドセルを背負った小織がつぶやいた。

「慎さんが来て欲しいっていうのに、行かないってなんか申し訳ないような……」と言った。

そうか……。小織があのCMに出たおかげで、彼女とお母さんは〈チャイルド・レスキュー基金〉からの援助を受けられるようになったのだ。

すると、しばらく何か考えていた愛が、

「それもそだね……やっぱ、行った方がいいよ。行くべきだよ」きっぱりと言った。


「おう」という声。悪友の奈津子《なつこ》が店に入ってきた。土曜の昼過ぎだった。

奈津子は、幼なじみ。小学校から高校まで一緒だった。何事にもトロいわたしに、〈カピバラ〉というあだ名をつけたのは、この奈津子だ。

「風が無くなって、どうしようもない。なんか食わせろよ」

と奈津子。彼女は、ウインド・サーファー。いまのところ、プロの卵だ。いまもウエットスーツ姿で、ショートカットの髪は濡《ぬ》れている。

わたしは、パスタを作りはじめた。すると、

「そういえば、愛のやつがフリマにいた」と奈津子。

「フリマ?」

「ああ。すぐそこの空き地でやってるフリマ」と奈津子。

フリマ、つまりフリー・マーケットは、ますます盛んになっている。葉山の町でも、あちこちで開かれていた。いらなくなった服や家庭用品などを、一般人が並べて安く売っているのだ。

「愛が、フリマに?」

「ああ、かなり真剣な顔で、服をあさってた」奈津子が言った。

「服……」パスタを作りながら、わたしはつぶやいた。


愛が持っている服は、可哀想《かわいそう》なほど少ない。

お父さんの仕事はうまくいかなくなり、お母さんは悪性リンパ腫《しゅ》という難病で闘病中。経済的にはすごく苦しかったようだ。

そんな事情なので、持っている服もすごく少ない。そこで、めちゃ安く買えるフリマに行くのもうなずける。

「で、愛はどんな服をあさってた? Tシャツとか?」訊くと奈津子は首をひねった。

「なんか、ブラウスとかワンピースとかを見てたなあ……」と言った。

「へえ……」わたしは、つぶやいた。ブラウスやワンピース……。それは意外だった。首をひねりながら、イカがたくさん入ったシーフード・パスタを奈津子に出してあげた。


「あ、そうか……」わたしは、つぶやいた。

「どうした?」と奈津子。

わたしは、説明する。もうすぐ慎のCMの授賞式がある。愛はそのための服を探してたんだろうと……。

「その授賞式って、どこでやるんだい」と奈津子。

「確か、高輪プリンスホテル」

「なるほど、それじゃ、Tシャツにビーサンってわけにはいかないなあ」と奈津子。

「愛のやつ、そのための服を探してたんだな」


1時間ほどすると、愛が帰ってきた。茶色の紙袋を手に……。

「なんか、服を探してたって?」訊くとうなずいた。

「だって、変な格好でプリンスホテルに行くわけにいかないじゃない」

と愛。紙袋から、一枚のワンピースを取り出した。

細かいチェックのワンピース。ひと目で、中古とわかる。けど、洗濯してアイロンをかければ何とかなるだろう。ワンピースには、〈８００円〉の値札がついていた。子供っぽいとも言えるワンピースだった。

愛はこの4月で中三になった。けれど、とても中三には見えない。

丸い童顔で、体も小柄。ぱっと見は、中一ぐらいかもしれない。そんな愛に、この服は合っているようだ。

〈それにしても、８００円とは掘り出し物だね〉

と半ばからかいかけて、わたしは言葉を呑《の》み込んだ。愛は、そのワンピースを両手で持ち、じっと見ている。かなり真剣な表情で……。

たとえ８００円でも、愛にとっては思い切った買い物なのかもしれない。たぶん、そうなのだろう。

ワンピースを手にしている愛の幼い横顔を、わたしは見つめていた……。

その2日後。わたしは、〈へえ……〉とつぶやいた。

店のカレンダー。つぎの日曜に、〈CM授賞式〉と書いてある。丸っこい愛の字だ。

昨日、愛はフリマで買ったワンピースを洗濯し、すごくていねいにアイロンをかけていた。

「準備がいいね」わたしはカレンダーを見ながら言った。

愛は、カウンター席でスマートフォンの画面をやたら熱心に見ながら、

「だって……」と言いかけた。

そのときだった。店のドアが開き、トモちゃんが顔をのぞかせた。愛の同級生で、親友でもある。愛は、スマートフォンをカウンターに置き、店を出ていった。店の外で、トモちゃんと笑顔で何か話している。

わたしは、カウンターを拭《ふ》こうとして、ふと愛のスマートフォンを見た。

その画面には、何か料理の画像が出ている。顔を近づけてみる……。

9　このトロフィーは君に

それは、高輪プリンスホテルのウェブサイトだった。

正式には〈グランドプリンスホテル高輪〉というらしい。いま開いてあるページにはローストビーフらしい美味《おい》しそうな画像が出ている。

このところ、愛はスマートフォンでやたら熱心に何かを検索している。検索していた何かは、どうやらこれらしい……。

気がつくと、後ろに愛がいた。

わたしは、スマートフォンの画面を眺めたまま。

「美味しそうだね、プリンスホテルのローストビーフ」と言った。

愛は、無言でいる……。自分が、高輪プリンスホテルのレストランのサイトをさかんに検索していた。それが、〈バレちゃった〉〈しょうがない〉そんな、あきらめた表情をしている。

「海果、さあ……」

「ん？」

「ローストビーフって、食べた事ある？」と愛が訊《き》いた。わたしは、首を横に振った。

普通のステーキなら、お爺《じい》ちゃんが元気だった頃、ファミレスで食べた事がある。けれど、ローストビーフはいまだに食べた事がない。そう言うと、

「どんな味がするのかなあ……」と愛。

「食べた事がないから、わからないよ」とわたし。「でも、一流ホテルだから、きっと美味しいんだよ」と言った。

ＣＭの授賞式はもちろん大事だけど、ホテルのローストビーフを楽しみにしている……。そんな愛を笑う気にはなれなかった。

わたしは、カウンターの中に戻ると、魚市場で拾ってきたサバのウロコを削りはじめた。愛は、またプリンスホテルのサイトを見ている……。


授賞式の前日、慎から電話がきた。

「いよいよ明日だけど、大丈夫だよね。三人とも来てくれるよね」

「あ、行けると思う。みんな緊張してるけど……」

「そうか……。でも、どうって事ないよ。会場はおじさんばっかりだろうけど……」と慎。そこで、わたしはあの事を思い切って訊く事にした。たまたま愛はいまお風《ふ》呂《ろ》に入っている。

「あの……その授賞式って、何かご飯は出るの？」と訊いた。

授賞式は、午後3時にはじまり、6時に終わるという。

「今回の式では、食事は出ないと思う」と慎。

「で……出ない……」わたしは、少しあせった。

「日本中から広告関係者たちが集まる年1回のパーティーだから、名刺の交換やら挨《あい》拶《さつ》やらが忙しくて、何か食べてる暇なんかないみたい」と慎。

「だから、飲み物だけが出る式になるみたいだな。で、それが？」

わたしは、ひと呼吸……。思い切って、

「あの……愛が期待してるみたいで……」

「期待？」

「そう……。一流ホテルだから、美味しいものが出るんじゃないかって……」わたしは言った。

「なんだ、そんな事か」と慎。「もちろん、式が終わったら海果たちをレストランに連れていくつもりだよ」と慎。わたしは、ほっと息を吐いた。

「で、愛ちゃんは何が食べたいのかな？　なんでも遠慮なく言って」

「それが……ローストビーフを期待してるみたいで……」

「ああ、ローストビーフか」と慎。「わかるな……」と言った。

「海果たちは、いつも新鮮な魚介類を食べてて羨《うらや》ましいけど、愛ちゃんがたまにはローストビーフを食べたいって気持ちは、よくわかるよ」慎が言った。

わたしたちが、いつも新鮮な魚介類を口にしているのは、確かだ。それが、魚市場で拾ってきたものであれ……。

しかし、愛にとってローストビーフというものが、人生で初めて……。そのことは、さすがに言えなかった。ただ、

「とにかくローストビーフを期待してるらしいんだ」とわたしは言った。

「それなら、ちょうどいい」と慎。ホテルのレストランには、ローストビーフをメインにしたコースもあるようだ。

「じゃ、さっそくテーブルを予約しておくよ」と慎は言ってくれた。

わたしは、ほっとひと息……。

「それじゃ、明日、午後3時によろしくね」と慎。わたしは「了解」と言い電話を切った。

◆

「わぉ！」と愛。思わず声を上げた。

午後3時。わたしたちは、プリンスホテルのロビーに入っていったところだった。

わたしも、こんな一流ホテルに入るのは初めてだ。そのロビーは、天井が高く、想像以上に立派だった。

小織、愛、わたしの三人は、キョロキョロとあたりを見回しながらロビーを歩いていく。

パーティー会場は、二階だという。わたしたちは、エスカレーターで上がった。

広い会場の入り口には、〈JCFA　授賞式〉とあり、スーツ姿の人たちが、続々と入っていく。わたしたちがもたもたしていると、

「こっちこっち」という声。慎が歩いて来るのが見えた。わたしは、ほっとした。

◆

30分後。

主催者らしいおじさんが、ステージで何かスピーチをしていた。

会場では、洒落《しゃれ》たスーツ姿の男の人が多く、たまにファッショナブルな女の人がひしめきあっていた。

みな名刺の交換をしたり、挨拶をしたり……。日本の広告業界の第一線で仕事をしている人たちなのだろう。わたしたちは、ボーイさんがくれたオレンジ・ジュースを手に、ぼさっとステージを見ていた。

やがて、表彰がはじまった。

賞は、いろいろな部門に分かれているらしい。

〈飲食品部門〉〈化粧品部門〉などなど……。そのたびに、受賞したCMが大きなスクリーンに映されて、その制作者が表彰される……。

やがて、司会をしている女性が、ひときわ声をはり上げた。

「では、昨年オンエアーされたCMの中で、最も感動をよんだグランプリの発表です！」

そして、

「グランプリは、広告主〈チャイルド・レスキュー基金〉の作品！　企画制作者は、内海《うつみ》慎《しん》さんです！」と、高らかにアナウンスした。

慎は、そばにいた小織の肩を叩《たた》いた。

「さあ、一緒に」とだけ言った。きょとんとしている小織の肩を抱き、ゆっくりとステージの方に向かう。

そして、小織と一緒にステージに上がった。

グランプリの発表。しかも、そのCMを作ったのが人気俳優の慎なので、大勢のカメラマンたちがステージの前に殺到した。

慎は、小織の肩を抱いたままマイクの前に立った。カメラのストロボが光る。

スクリーンには、あのCMが映されている。……最後の映像は、ムール貝が入ったネットを手にしている小織の姿だ。

ステージの端から、協会の会長らしいおじさんが、クリスタルのトロフィーを手に歩いてくる。まず慎と握手。

「このCMには本当に感動しました。おめでとうございます」

と言い、30センチぐらいのクリスタル・トロフィーを慎に渡した。


慎は、マイクに向かう。

「JCFAの皆さん、ありがとう」と言い、片手に持ったトロフィーを見た。

「しかし、このトロフィーを手にするのにふさわしいのは僕じゃないんです」

と慎。少し身をかがめ、トロフィーをそばにいる小織に渡した。小織は、驚いた表情でトロフィーを両手で受け取った。

慎は、その小織の肩に手を置きマイクに向かった。

「世の中にはさまざまなCMが流れています。そんな中で、今回受賞した作品は、皆さんおわかりのようにドキュメンタリーです」

と慎。穏やかな口調で、淡々と語っている。

「優雅にヨット遊びを楽しんでいる人たち……。その近くで、お金のために貝を採《と》っている子がいる。そんないまの社会の現実を、僕は皆さんに見せたかった……」

会場が静まり返った……。

「僕がやった事は、この彼女が必死で頑張っている姿を、CMという形で皆さんに紹介した、ただそれだけです。それ以上でも、それ以下でもなく……」

慎が言った。そのとき、隣りにいた愛がわたしの手を握った。しっかりと……。

「最後に、僕の心をうった言葉を紹介したいと思います」

会場の誰もが、慎と小織を見ていた。

「今回のCMを撮影しているときのこと、彼女がふと口にしました。〈貧乏だって、恥ずかしくはない〉と……。その言葉は僕の心に突き刺さりました」

そう話す慎の表情は、俳優としてのそれではなかった。

一人の青年としての顔だった。

「……僕は驚き、そして考えさせられました。世の中の大人たちが真に恥ずべき事とは何なのか。そして、僕らはどう生きるべきなのか……。そのとき、11歳の彼女にそれを教えられた気がしました」

と慎。大きく息を吐いた。

「……これで、僕のつたないスピーチは終わりにしますが、この賞の本当の受賞者である彼女に、盛大な拍手を」

そう言うと、慎はまだ背が低い小織のわきに片膝《かたひざ》をつき、彼女の肩を抱いた。

会場全体から、熱く盛大な拍手がわき起こった。

カメラのストロボが、二人に向けてまばゆく光りはじめた。

トロフィーを両手で持っている小織は、硬い表情のまま。頰を赤く染め、カメラのストロボを浴びている……。

わたしの左手を握っている愛の右手に、力がこもっている。

会場の拍手は、鳴り止まない……。

10　ローストビーフは逃げないから

「みんなお疲れ様」と慎が微笑した。

授賞式が終わった20分後。ホテルのレストランに入ったところだった。

わたしたちには、レモンスライスを浮かべたペリエ。慎は、白ワイン。そのグラスを上げて乾杯した。小織の顔は、まだ紅潮している。

やがて、立派なメニューが全員の前に……。

慎は、慣れたしぐさでメニューを開いている。愛に向かい、

「ローストビーフだよね？」と確認した。愛は、緊張と期待が入り混ざった表情で
〈うんうん〉とうなずいた。

慎は、オーダーをとりにきたホールスタッフに、

「じゃ、ローストビーフがメインのコースを全員に」とオーダーした。

「魚介のテリーヌでございます」とホールスタッフ。わたしたちの前にお皿を置いた。

これは、前菜という事だろう。スマートフォンぐらいの大きさのテリーヌだった。

そのとき、愛がわたしの耳元で、

「どのフォークやナイフを使えばいいの？」と訊《き》いた。

確かに、わたしたちの前には、たくさんのフォークやナイフが並んでいる。わたしは、

「慎ちゃんの真似をすればいいんだよ」と小声で答えた。

それが聞こえたらしく、小織も慎を見た。三人の視線が慎の手元に……。慎はちょっと苦笑い。

「さあ、遠慮なく食べて」

と言い、一番外側にあるナイフとフォークを手にした。テリーヌにナイフを入れた。

わたしもその真似をして、テリーヌを切り、口に入れた。

もちろん美味《おい》しかった。魚介類の旨《うま》み。ソフトな舌触り……。わたしは、目を閉じてそれを味わっていた……。

そのときだった。わたしの頭の中で、電球がピカリと光った。

わたしが作る魚介の料理。その中には、こういう食感のものはなかった。葉山では使う魚介が新鮮だから、切ったり焼いたり、簡単な料理しか作ってこなかった。

でも、こういう繊細な食感の料理を作るのもいいなあ……。わたしの中に、そんな思いが生まれていた。

それが、あとあと〈ツボ屋〉の人気メニューになるのだけれど……。


やがて、愛がお待ちかねのローストビーフが出てきた。ルビーのような色の切り口。文句なく美味しそう……。

「いただきます！」と愛。ローストビーフを切り、口に入れた。

5秒後には、うっとりとした表情になった。

まだ小さな手でフォークとナイフをがっちりと握りしめ、ローストビーフを一心不乱に食べ続ける……。

わたしは軽く苦笑い。その姿を見ていた。

「ローストビーフは逃げないから、もっとゆっくり、味わったら」と愛の耳元で言った。それでも、愛は一心不乱に食べ続けている……。

慎も、微笑を浮かべてそんな愛を見ている。

帰りの横須賀《よこすか》線。

満腹になった愛は、わたしの右肩に頭をもたれかけ、ウトウトとしている。口は半開き。ワンピースから出ている両脚も少し広げ居眠りしていた。

わたしの左には、小織がいた。

彼女は、自分の小さなバッグを両手で抱きしめている。その中には、大切なものが入っているのだ。

今日の授賞式で渡されたクリスタルのトロフィーは、〈チャイルド・レスキュー基金〉の事務局に飾られる事になった。

そのかわり、グランプリの副賞である賞金10万円を、慎は小織に渡したのだ。小織はかなり強く辞退した。けれど、

「これは、君が受け取るべきものだよ」と慎が言い、その封筒を小織に渡した。

小織は、「ありがとう……」と小声で言ったのだった。

「副賞、よかったね」わたしは、大事そうにバッグをかかえている小織に言った。すると、小織は小さくうなずいた。

「これで、ウエットスーツが買えるかもしれない……」とつぶやいた。

「ウエットスーツを？」

わたしは、訊き返していた。

「うん……。まだ水が冷たいから、海に潜れなくて……」

と小織。わたしは、うなずいた。いまはまだ4月。海に潜ってムール貝を採るには、水が冷たいだろう……。

「でも……ウエットスーツがあればなんとか……」

小織はつぶやいた。そうかもしれない。

「じゃ、その賞金でウエットスーツを？」訊くとかすかにうなずいた。

フルオーダーのウエットスーツはそこそこ高いと聞いたことがある。しかも、小織のような小学生が身につけるウエットスーツが、あるのだろうか。それを訊くと、

「オーダーで、子供サイズのウエットを作ってくれる所があるって聞いた事があって……」

と小織。わたしは、うなずいた。

「その賞金で、それを……」とつぶやいた。

そんなオーダーメイドの子供用ウエットスーツを作ってもらうには、そこそこのお

金がかかるだろう。

そのために今回の賞金を使う……。わたしは、またうなずいた。

小織のお母さんは、〈チャイルド・レスキュー基金〉の給付をうける事ができている。とはいえ、パートでもらうお金は少なく、けして楽な生活ではない。

なので、小織は相変わらず海で貝採りを……。そういう事らしい。

電車は横浜《よこはま》を過ぎて、逗子に向かっていた。小織は、相変わらず賞金が入ったバッグを抱きしめている。


「子供用のウエットスーツねえ……」と奈津子。

「どこで作ってくれるんだろう」とわたし。しばらく考えていた奈津子は、

「あ、そういえば、ウエットを着てる子供を見かけた事があるなあ……」と言った。

「それって、どこで……」

「うーん、確か由比《ゆい》ヶ《が》浜《はま》だったと思う。小学生ぐらいの男の子が、ウエットスーツを着てサーフィンやってたなあ」と奈津子。

「本当？」

「ああ、確かだよ。ガキのくせにやたら洒落《しゃれ》たウエット着てたんで、訊いたんだ。そ

のウエット、どこで作ったのかって」

「そしたら？」

「逗子の〈ハイ・ウインド〉だって」

「え……」わたしは、つぶやいた〈High Wind《ハイ・ウインド》〉は、湘南では有名な店だ。いまは、三軒のショップを展開している。

「どうする。行ってみる？」と奈津子。わたしの横顔を見て、「あんたが嫌ならやめてもいいけど……」

わたしは、しばらく無言……。少し緊張していた。


わたしの母さんは、300万円以上のお金を逗葉信金から借りて行方をくらましてしまった。

うちの店は、その借金の担保《たんぽ》になっている。

そんなうちの店を買い取り、サーフショップに改装したいと逗葉信金に提案をしたのが、〈High Wind〉のオーナーである熊井《くまい》だった。

確かに、森戸海岸のすぐそばにあるうちの店は、ウインド・サーフィンのショップにはぴったりかもしれない。

とはいえ、うちを手放してしまったら、わたしの住む所はなくなってしまう……。

十代でホームレス……。それは、困る。

けれど、去年の夏、大型台風に直撃されて熊井がやっている三軒のサーフショップは大きな被害をうけた。

店もかなり壊れ、預かっているお客のボードにも相当な被害が出たという。

その被害額が大きいので、うちの店を買い取りたいという話は、ペンディング、つまりストップしていた。

そんないきさつがあるので、わたしは熊井に会うとなると、少し緊張してしまうのだ。顔は何回か合わせているが、ちゃんと話すのは初めてだ。

「どうする？　やめておく？」と奈津子。わたしはしばらく考え、

「行ってみよう」と言った。ウエットスーツを必要としている小織の事が頭にあった。


〈High Wind〉の駐車場に奈津子が車を停め、わたしたちは降りた。

駐車場の隅には、まだ台風被害の跡……。折れたウインド・サーフィンのボードが何枚か放置されている。

奈津子が、店のドアを開けた。

いま、店内にお客の姿はない。カウンターの中に中年男がいた。〈ミスター熊井〉こと、オーナーの熊井だ。背が高い。深く陽灼《ひや》けし、髪は長め。いかにもサーファーだ。

彼は奈津子を見ると、

「やあ」と言った。「今日も風はないね」と微笑んだ。

ウインド・サーファーの世界は、けして広くない。熊井と奈津子は、以前からの顔見知りだという。

「子供用のウエットスーツ?」と熊井。「もちろん作れるよ」と言った。

「うちは、親父の代からサーフショップをやってて、ウエットスーツのオーダーも昔から引き受けてるからね」

「へえ、そうなんだ」と奈津子。

「子供用も、昔からオーダーをうけてて、記録も残ってるよ」

と熊井。店の奥に入った。やがて、ぶ厚いファイルのようなものを持ってきた。

カウンターで、それを開いて見せた。どうやら、これまでオーダーをうけたウエットスーツの記録らしい。

「で、いくつぐらいの子?」と彼。

「11歳ぐらいの女の子」とわたしが言った。

「11歳の女の子ねえ……」と熊井。そのページをめくっていく……。かなりのページをめくったところで、

「あ、これなんか、その年頃の子だね」と言い、手を止めた。

ウエットスーツのデザイン画が描いてあり、身長や胴回りなどのサイズ、さらに生地の厚みなどが手書きで書き込まれていた。かなり昔のものらしい。

そのページの隅に書いてある名前……それを見たわたしは、思わず息を呑《の》んだ。〈浅野《あさの》絵美子《えみこ》〉と書かれていた。それは、ウインド・サーファーだったわたしの母さんの名前だった。

そして、ページの片側には、一枚の写真が貼りつけられていた。

11　あの頃、二人で笑顔を見せていた

「え?……これ……」その写真を見て、わたしは思わずつぶやいた。

砂浜に、少年と少女が立っていた。小学校の高学年に見える子たちだ。

二人とも、ウエットスーツを身につけている。少女が身につけているのは、ピンクのパイピングが入った可愛いデザインのウエットだ。

少年は、黒い無地のウエット。

彼の方が少し背が高い。

春から初夏に向かう頃の陽が、彼らに射している。

そんな陽射しに、二人はちょっと眩《まぶ》しそうな表情……。それでも、カメラに笑顔を見せている。

その少女は、間違いなく母さんだった。目元や顔の輪郭《りんかく》に、はっきりと面影がある。

そして、少年はどうやら熊井だった。直線的な眉《まゆ》や、少し照れたような笑顔が彼だった。

わたしがじっとその写真を見ていると、

「お母さんのウエットが出来て、初めて身につけたときだったよ」と熊井がわたしを見て言った。

「君のお母さんと知り合ったのは、このときだったな……」と思い出したように熊井が言った。やはり……。

「母さんとつき合いがあったんだ……」とわたしはつぶやいた。熊井は、かすかにうなずいた。

「つき合いといっても、海の上や砂浜で会う事が多かった。二人とも子供の頃からウインド・サーフィンをやってたからね」と言った。

サラリとした口調だった。あるいは、相手がわたしなので、あえてサラリと言ったのか……。

「で、ウエットを作りたい子がいるのかな？」と熊井が話を戻した。わたしは、うなずいた。

「小学五年生の女の子よ」

「ああ、問題ないよ。採寸《さいすん》したり、デザインの相談もしなきゃならないから、本人に来てもらわなきゃならないけどね」と熊井。

「わかったわ」


「どうも、あやしい……」と奈津子。パリッとポテチをかじった。

熊井の〈High Wind〉から100メートル。奈津子がボードを預けている別のサーフショップがある。

わたしたちは、その二階にあるテラスにいた。目の前には、国道134号。その向こうに広がっているのは逗子海岸だ。

「あやしい？」とわたし。カフェラテに口をつけた。

「だって、あのファイルに、ほかの写真は貼ってなかった。あの一枚だけが貼ってあった。それって？」

「うーん……自分が子供だったその頃が懐かしくてとか……」わたしは言った。

「まあ、トロいあんたの想像力なら、そんなところだろうね」と奈津子。「でも、なんか感じるな」

「なんか？」

「ああ、ミスター熊井とあんたの母さんが、ただのウインド仲間だったのかどうか……」

と奈津子。わたしを見て、

「だって、かなり前からミスター熊井は、〈君は、絵美子さんの店に出入りしてるんだよね〉ってわたしに訊《き》いてたし……」と言った。

「そうみたいだね……」

「わたしが、あそこはいま元同級生がやってるからって言うと、〈ああ、海果ちゃんだね〉って言った。彼はあんたの名前を知ってた……」

奈津子が言った。

「そっか……」わたしは、つぶやいた。

わたしが小さかった頃も、母さんはウインド・サーフィンをやっていた。

その頃の母さんがまだ熊井とウインド仲間だったとすれば、子供であるわたしの名前を知っていても不思議ではない。

わたしがそう言うと、

「そうかもしれないが、そうでないかもしれない」と奈津子。

「そうでないって言うと？」わたしが訊くと、奈津子はまたポテチをかじり、

「もしかして、ミスター熊井が、あんたのお父さんだったりして」と言った。

「ええ⁉」

「そんなに驚くことないよ。だいたい、お父さんがどこの誰なのか、あんたは知らないんだろう？」

奈津子は言った。それは、確かに……。

母さんは、はじめからシングルマザーとしてわたしを育てはじめた。父さんがどんな人なのか、まったく口にしていない。

「だから、ミスター熊井がお父さんでも、不思議じゃないよね」と奈津子。

「……まあ、そんな可能性も全くないわけじゃないけど……」わたしは、つぶやいた。

それにしても、いまは何もわからない……。すべては、過ぎた日のページの中にある。

わたしは、目を細め目の前に広がる海を眺めた。

午後の陽射しが、パチパチと海面にはじけている。ウインド・サーファーのカラフルなセイルがいくつか、海面をゆっくりと動いていた。

ゆるやかな南風が吹き、わたしの髪を揺らしている。心も同時に揺れていた。

「はじまっちゃうよ！」と愛。包丁を研《と》いでいたわたしは、

「了解！」と言った。

夜の9時。テレビで、あの番組がはじまろうとしていた。

耕平のトマト、その苗付けをクラスの全員でやった。そのドキュメンタリー番組がオンエアーされる時間だった。

わたしは、愛と並んで、店の小型テレビを観る。チャンネルはNHK。

やがて、〈ウォッチ・ジャパン〉の番組タイトル。そして、〈三年C組のビニールハウス〉のサブタイトルが出た。

男性ナレーターが、

「4月初め。神奈川県三浦《みうら》郡葉山町。この町の中学で、ある社会科の授業がはじまろうとしていた……」と語りはじめた。

そして、トラックからおろしたトマトの苗を、生徒たちが運んでいる映像……。

NHKらしい落ち着いた感じで、ドキュメンタリー番組がはじまった。

「あ、マッちゃん」と愛。生徒たちの作業を見守り、ときには何かアドバイスしているマッちゃんが映る。

そして、葛城が映った。女性レポーターにマイクを向けられる。

画面の下に、〈逗葉信用金庫　葛城高史《たかし》さん〉という文字が出た。そして葛城は、

「……この農家のような小規模事業者に資金援助をするのが……」と話しはじめた。

その落ち着いた口調に、

「よかったね……」とわたしはつぶやいた。

「里香のネクタイが効いたのかな」と愛。


「あっ！　カットされてる」と愛が声を上げた。番組の後半。苗付けをした生徒たちにマイクが向けられる。

「面白かった！」という子。

「……体験できて良かったです」と答える生徒たち。やがて、愛が映った。

「耕平君の、ぶさいくなトマト、よろしく！」

そこまではオンエアーされた。けど、その後の〈葉山・森戸のツボ屋で販売予定！〉がカットされている。宣伝っぽいと判断されたのだろうか……。

「NHKのオタンコナス！」と愛。ほっぺたと鼻の穴を広げている。

それはそれとして、わたしはテレビの画面をじっと観ていた。

画面には、葛城が映っていた。スーツ姿にゴム長を履き、トマトの苗付けをしている姿が映っていた。

真剣な表情でトマトの苗を植え付けている姿を、真横から撮影した映像だった……。

ディレクターやカメラマンが、何か感じるところがあったのか……。葛城の映像は、かなり長く使われていた。

そして、

「午後3時半。三年C組の社会科の授業は終わった」と抑えぎみのナレーション。

ビニールハウスの中。ずらっと並んでいるトマトの苗が映し出された。

起きた事を淡々と映し、必要以上の説明はしない。その映像を観て何を感じるかは、視聴者にまかせる。

そんなタッチのドキュメンタリーは、終わった。わたしと愛は、それぞれの思いを胸に、その番組を観終えた。


「え？　一緒に来るの？」わたしは奈津子に訊いた。

「もちろん行くよ！」と奈津子が答えた。

小織のウエットスーツを作る。そのための採寸などで、熊井の店に行こうとしていた。

「さあさあ行こう」と奈津子。その狙いが何となくわかった。

〈ミスター熊井が、万一、わたしの父さんかもしれない〉その一件に興味津々《きょうみしんしん》なのだろう。

まあ、しょうがない……。わたしと小織は、奈津子の車に乗り、熊井の〈High Wind〉に向かった。

小織を連れて店に入ると、「やあ」と熊井が笑顔を見せた。

小学生の小織を見て、

「君のウエットを作るんだね」と言った。小織がうなずく。

今日、店には女性スタッフがいた。彼女が、ちょっと緊張している小織のサイズを測りはじめた。

身長、腕の長さ、ウエストのサイズ、腰まわり、脚の長さなどなど、細かく測っていく……。

「ところで、ウエットを作って何をやるの？」と熊井。「サーフィン？　それともウインド？」と小織に訊《き》いた。小織はちょっと口ごもり、

「あの……海に潜って貝を……」と言った。「なるほどね……」と熊井がつぶやいた。

「そういえば、君のお母さんも、よく潜ってはアワビなんかを採ってたなあ……」と熊井がわたしに言った。

「アワビ？」とわきから奈津子が訊き返した。

12　ゴム長課長

「……ああ。ウィンドをやってても、風がぜんぜん吹かなくなっちゃう時があるんだ」と熊井。

「そんなとき、絵美子ちゃんは磯に潜ってアワビやトコブシを採ってたよ」と言った。

「でも、それって密漁じゃないの？」と奈津子。熊井は、首を横に振った。

「絵美子ちゃんのお父さん、茂男《しげお》さんは漁師だったから、もちろん漁業権《ぎょぎょうけん》を持ってたんだ」

と熊井。わたしは、うなずいた。

漁業権というのは、世襲制《せしゅうせい》になっている。

わたしのお爺《じい》ちゃんの茂男が漁業権を持っていたら、その娘であるお母さんにも漁業権がある。

さらにいえば、その娘であるわたしにも漁業権があるのだ。

「思い出すなあ……」と熊井。

「よく絵美子ちゃんが採ってきたアワビやトコブシを焼いては、ウインドの仲間みんなでかじったものだった……」と言った。

「それって、いくつぐらいの頃？」と奈津子。

「うーん、中学生とか高校生の頃だったかなぁ……」

と熊井。その頃を思い出す表情……。少し無口になった……。横顔に、ふと少年だった頃の面影がよぎった。

やがて、小織の採寸が終わり、素材の厚みやデザインの打ち合わせもすんだ。ウエットスーツは、10日ほどで出来るという。


「絶対にあやしい」と奈津子。うなずきながら言った。

熊井の店を出て、うちの店に戻るところだった。

「あやしいって？」とわたし。

「ミスター熊井と、あんたのお母さんの件よ」と奈津子。「彼のあの口調と表情、見た？」

「そりゃまあ……」

「あれは、一度でもあんたのお母さんに恋した事がある男の表情だったね」

「ええ？」とわたし。

「まあ、カピバラ女のあんたには、わからないだろうけどね」と奈津子。車のステアリングを握って言い切った。


「あの……」という声。店のドアが開き、男の人が顔をのぞかせた。

中年で小太りの人だった。黒いカバンを持っている。午後の4時頃だった。

「あの、こちら〈ツボ屋〉さんですよね」と彼。

「……そうですけど……」わたしは、ちょっと警戒していた。黒いカバンを持った中年男……。税務署とか何かの調査とか……。

「突然、申し訳ありません。私、こういう者で」と彼は名刺を取り出した。

そこには、誰でも知っている大手出版社の社名があり、

〈『コミック・マンデー』編集部　遠藤憲一《えんどうけんいち》〉

と印刷されていた。その名刺をわきから覗《のぞ》き込んだ愛が、

「あ、ここって〈月刊パピー〉を出してるところだ」と言った。

遠藤という彼は笑顔になった。

「〈パピー〉を読んでくれてるの？」と愛に訊いた。〈月刊パピー〉はどうやら少女漫画誌らしい。

「わたし、お金がないから、友達に貸してもらって読んでるんだけど」と愛。

遠藤はさらに笑顔になり、

「じゃ、〈パピー〉でお気に入りの作品は？」と訊いた。愛は腕組み。

「やっぱり、いまは『キスまで5分』かなあ……」と愛。遠藤は笑顔のままうなずいた。

「いま一番人気の連載だよね」と言った。


「葛城？」わたしは訊き返した。

カウンター席にかけた遠藤は、うなずく。

「葛城さんに会おうと思って、さっき信用金庫に行ったんだけど、彼は外回りに出て

て会えなかったんで……」と言った。

「そこで、信金の人に訊いたら、このお店を教えてくれたんだ。このお店の人なら、信金の人間以上に葛城さんの事を知ってますよと……」

遠藤は言った。

◆

「彼が主役の漫画？」わたしは思わず訊き返していた。

「まあ……」と遠藤。出してあげたコーヒーをひと口。

「私たちが編集してる〈コミック・マンデー〉というのは、いわゆる青年誌。大学生や社会人に向けた漫画誌なんです」

と遠藤。漫画に詳しい愛は、さかんにうなずいている。

「したがって、お仕事漫画などが多いわけなんですが」と遠藤。「この前、ＮＨＫのドキュメンタリー番組を観まして、葛城さんに注目したんです」と言った。

「はあ……」とわたし。

「スーツにゴム長でトマトの苗付けをしてる映像が編集部でも話題になりまして……。信用金庫の課長が、融資先のためにああして汗をかく……その姿はストーリーになるんじゃないかと企画が持ち上がったんですよ」

と遠藤。カバンの中から、一枚の紙を取り出し、カウンターに置いた。そこには、

〈ゴム長課長〉

と太い文字でプリントアウトされていた。わたしと愛は、それを見た。

「これって、漫画のタイトル？」と愛。

「まあ、仮のタイトルだけど……」と遠藤。

「で……主人公は……」

「あの葛城さんをイメージした信金の課長という事でね」と遠藤。

「ふーん」と愛。「あのオジサンがねえ……」とつぶやき、

「信金の窓際族で、バツイチで、ハゲかけてるあのかっこ悪さがいいの？」と言った。

遠藤は吹き出した。

「まあ、かっこいいエリート・ビジネスマンなんかを漫画の主人公にしたら、逆に平凡だからね」と言った。

「君は、葛城さんの事をよく知ってそうだね」遠藤が愛に言った。愛は、腕組みして、

「あのオジサン？……まあまあかな」と言った。遠藤はうなずく。

「じゃあ、ひとつ頼みがあるんだけど、もう少し葛城さんの事を教えてくれないかな」と愛に言った。愛は、腕組みをしたまま、

「教えてあげてもいいけど、タダじゃ……」と言った。

カウンターの中でまな板を洗っていたわたしは、愛を見た。お金でも要求するのだろうか……。

「じゃ、お礼は何がいいのかな？」遠藤がそう言うと、愛は即座に、

「〈月刊パピー〉を毎月送ってくれない？」と言った。遠藤は笑顔になり、

「そんな事なら、お安いご用だ。君に送ればいいんだね」と言った。愛はうなずき、

「できたら三冊」と言った。

そのとき、店のドアが開き葛城が入ってきた。

「私を漫画の主人公に？」と葛城。さすがに驚いた顔。

「いえいえ、葛城さんご本人という訳じゃなく……融資先の力になるためにゴム長で頑張る、そんな信金の課長を主人公にした物語なんです。まあ、葛城さんから発想したストーリーということですが……」と遠藤。

「しかし……」と葛城は絶句している。すると、

「いいじゃない、オジサン」と愛。

「それが漫画になれば、信金の宣伝にもなるじゃない」と言った。そして、

「もしかしたら、崖《がけ》っぷちオジサンから、生き残りや昇進への道が開けるかも」と愛は口をとがらせて言った。

そんな二人のやりとりを遠藤は微笑して見ている……。

やがて、

「とりあえず、今日のところはご挨拶《あいさつ》という事で、また企画を練ったところで、うかがいます。今後ともよろしくお願いいたします」

と遠藤。葛城やわたしたちにおじぎをして帰っていった。

「いやあ、驚いたなあ……」と葛城。わたしが出してあげたビールに口をつけた。

その広い額が汗で光っている。

「まあ、あのドキュメンタリー番組での印象が強かったんじゃない？」わたしは言った。

そして愛を見た。

「あんた、出版社から漫画誌を送ってもらうのもいいけど、なんで三冊も？」と訊《き》いた。

ちゃっかりしてる愛の事だから、

「残りの二冊はブックオフにでも売りにいくとか？」と言った。すると、

「違うよ」と愛。「友達の二人が、お金がないんだ」と口をとがらせた。

「二人とも両親が離婚してる母子家庭で……お小遣いがほとんどなくて、〈月刊パピー〉なんて買えないんだよ」と愛は言った。

少し悲しそうな表情で……。

「……そうだったんだ……ごめん」とわたし。かたわらにいる愛の細い肩を抱いた。

「あんた、優しい子だね」とつぶやいた。

店のミニ・コンポからは、B・ミドラー《ベット》の〈The Rose《ザ・ローズ》〉が低く流れている。

春の雨が、出窓を濡《ぬ》らしてはじめていた。ガラスにつたう雨粒を、猫のサバティーニがじっと眺めている。


「お、いいじゃん」と奈津子が言った。

サーフショップ〈High Wind〉。小織のためのウエットスーツが完成した。

いま、小織本人がそれを試着したところだった。肩から腕にかけてピンクのラインが入った、洒落《しゃれ》たデザインだった。

「いいね」とわたしも言った。小織本人も気に入ったようだ。いま、試着を終えたそのウエットをフィッティング・ルームで脱いでいる。わたしは熊井に、

「ありがとう」と言った。彼は、微笑し、うなずいた。そして、

「今度、お店に飲みに行っていいかな？」とわたしに言った。わたしは、3秒ほどして、

「そりゃ、お客だからもちろん……」と答えた。

そばでは、奈津子が耳をダンボにしている。

13　少女も、いつか女性になるのだから……

「こりゃ楽しみだ」と奈津子。車のステアリングを握って言った。

「何が楽しみなのよ」とわたし。

「だって、ミスター熊井があんたの店に飲みにくるわけでしょう？」

「だから？」

「それ以上は、言うのも野暮ってものじゃん。どんな話が出るやら」奈津子が言った。

考えてる事は、なんとなくわかるけど、「ほっといて」とわたしは言った。


「え？」思わず声を出していた。

奈津子の車で、うちの近くまで戻ってきたところだった。

葉山の海岸線に沿ったバス通り。

そこから砂浜に向かう細いわき道があり、入っていくと、うちの店がある。

その曲がり角が、何やらにぎやかだ。大勢の人が、働いている。

その角には、パスタの専門店があった。去年の暮れに潰《つぶ》れたのだけど……。

その建物が、どうやら改装されているらしい。

すでに、新しい看板が出ている。それは、誰でも知っている有名なファミレスの看板だった。

「あれだけ立派な建物を放っておくわけないと思ったら、こういう事か……」と奈津子。

わたしも、うなずいた。葉山の海岸通り。海に向かう曲がり角。

「こんな絶好のロケーションにある建物を、そのままにしておくわけないよね」

わたしも、つぶやいた。けど、こんな有名なファミレスが出来るとは……。

「また、お客をとられちゃうね」奈津子が言った。わたしはうなずいた。

しかも〈4月27日開店！〉の張り紙まで見えた。

「連休初日に開店か。これじゃ〈ツボ屋〉のゴールデンウィークはダメだね」奈津子が言い、わたしは唇を噛《か》んだ。

「やっぱりか……」わたしはつぶやいた。

4月27日。土曜日。ゴールデンウィークの初日だ。

快晴で、夏のような強い陽が射している。

けれど、お客はこない。午前中はゼロだった。たぶん、新しくオープンしたファミレスに入ってしまうのだろう。わたしがため息をついていると、

「これじゃダメだね」と愛。「ちょっと耕平のところに行ってくる」と言った。

「トマト作りの手伝い？」訊くとうなずいた。

4月初めに苗付けしたトマトは、もう腰の高さぐらいまで伸びているという。

「そろそろ支柱を立てないといけないらしいんだ」と愛。

プラスチックの支柱を立て、伸びてきたトマトの茎《くき》を、その支柱にヒモで固定する必要があるという。

「オーケイ、行ってきていいよ」わたしは言った。今日はほとんどお客がこないだろう。少しぐらいのお客なら、わたし一人でなんとかなる。

「まあ、仕方ないか……」

とつぶやいた。ランチタイムに、地元のお客が三人きただけ。それだけだ。

看板猫のサバティーニも、出窓であくびをしている。

もう、今日は休業にしようか……。そう考えて、ふと愛の事が気になった。

もともと体が華奢《きゃしゃ》で、力はない。そんな愛が、トマト畑に支柱を立てる作業が出来るのだろうか……。気になったので、見に行く事にした。

サバティーニにエサをあげ、〈臨時休業〉のプレートを出した。

店を出ると、陽射しが強い。地元に住んでいるアメリカ人の家族は、早くも水着姿で砂浜に歩いていく……。

わたしは3千円で買った自転車に乗って走りはじめた。


愛は、ビニールハウスの中にいた。

背の高さぐらいある緑色の棒を手にしている。プラスチックでできた支柱なんだろう。それを土に立てる作業をしていた。

わたしは愛に手を振り、ビニールハウスに入っていった。とたん、

「うひゃ、暑い!」と声に出した。

そりゃ、そうだ。強い陽射しが照りつけるビニールハウスの中なんだから……。

愛は、Tシャツ、ショートパンツで作業をしていた。その顔は、汗びっしょり。前髪が、額にへばりついている。わたしを見ると、うなずいた。

「まるでサウナだね」

わたしは言った。耕平は、広いビニールハウスの向こうの方で何かやっている。視線を愛に戻したわたしは、

「あんた、やばいよ」とつぶやいた。


「え?」と愛。「その胸」とわたし。

自分の胸を見下ろした愛は、「あちゃ……」と口を半開き。

愛の胸も、少しだけふくらんできていた。バストと呼べるかどうか、微妙なところだけど……。びっしょりと汗に濡《ぬ》れたTシャツが、そこにへばりついている。

小さな乳首が、はっきりとわかる。

「だって、暑いから……」と愛。

「そうだけど、それはまずいんじゃない?」わたしは言った。これを見たら、耕平の方が照れてしまうかもしれないけれど……。

「でも、着替えなんて持ってきてないし……」と愛。

わたしは、ちょっと考える……。やがて、耕平の方に歩いていった。

「ども」と耕平が笑顔を見せた。

「あのさ、バンドエイドある？」とわたし。「愛が手を擦《す》りむいたみたいで」と言った。

耕平は、うなずいた。ビニールハウスを出て、家の方に……。すぐに、バンドエイドを箱ごと持ってきた。わたしは、それを手に愛のところに行った。

耕平はいまハウスの外で何かやっている。

「ほら、シャツめくって」とわたし。愛は、Tシャツをまくり上げた。

わたしは、バンドエイドをバッテンのように愛の乳首に貼りつけた。まあ、これでとりあえずなんとかなるだろう。

「臨時のブラだね」

「言いたくないけど、暑いね」とわたし。

わたしも作業を手伝いはじめて30分。ハウスの中は、何度ぐらいになっているのだろう……。そんな中で、作業をしていると目眩《めまい》がしそうだった。

わたしは支柱立てをしながら、額の汗をぬぐった。

みんなが何気なく買っているトマトでも、作る人は、こんなに大変な思いをしてるんだ……。そんな感慨《かんがい》が、心の中に湧き上がっていた。

「うひゃ、涼しい！」愛とわたしは、同時に声に出していた。

午後4時半。耕平の手伝いを終えたわたしたちは、店に戻ろうとしていた。

自転車を押して、海岸道路を歩いていた。サーフボードやSUPのボードを運んでいる人たちとすれ違う。

海の方から、ひんやりとした夕方の風が海岸道路を吹き抜けた。とたん、〈うひゃ、涼しい！〉とわたしたちは声に出していた。

まだ火照っている体が、潮風のシャワーを浴びた感じだ。汗で濡れた髪も乾いていく……。やがて、となりを歩いていた愛が、

「やっぱ、そろそろ必要だよね」とつぶやいた。

「必要って？」

「……ブラ……」と自分で言って照れた顔。わたしは少し考えた。

「そろそろいるかもね」と言い、目を細め、夕方の海を見ていた。


「こんなところかな……」わたしは、そのページを眺めて言った。

午後6時過ぎ。うちの店。愛とわたしは、通販カタログのページをめくっていた。

わたしの母さんは、通販をよく使っていた。

葉山には店らしい店がないし、通販は安いからと母さんはよく言っていた。

そのため、いまでも通販のカタログが定期的に送られてくる。

そんな通販カタログのアンダー・ウエアー、つまり下着の特集号をわたしたちはめくっていた。

そのカタログの終わりあたり、ジュニア向けの下着が並んでいる。

〈はじめてのブラ〉などというタイトルで……。

小学校高学年から中学生あたりに向けたと思われるシンプルなブラが並んでいる。

「このあたりかな……」わたしは、つぶやいた。

シンプルなデザインで、柔らかそうな〈はじめてのブラ〉が並んでいる。愛も、それを見てうなずいている……。

その15分後。わたしはカウンターの中にいた。

今日も明け方、わたしたちは魚市場で魚を拾ってきた。市場の隅にポリバケツがありオニカサゴが放り込まれていた。

オニカサゴは美味《おい》しい魚だけど、トゲが鋭くさばくのが難しいので出荷しづらい。

出荷しても、まず売れない。

そのままだと捨てられるだろう。わたしたちは、それをもらってきた。いま、晩ご飯のためにわたしはオニカサゴをさばいていた。

ふと見れば、愛が店の隅のテーブルにいた。こっちに背を向け、さっきの通販カタログをいやに熱心に見ている。

わたしは、手を洗いそっちに行った。

愛が見ているのは、大人の女性ための下着のページだった。〈エレガント&セクシー〉などと見出しがついた下着が並んでいる。

薄いピンクで、部分的に透けている色っぽいショーツ。愛は、それをじっと眺めている……。

中学生のこの子にとっては未知の世界だ。

それでも、いつか、自分もこんな下着を身につける日がくるのだろうか……。期待と不安が入り混じったそんな表情で、口を少し開き、愛はそのページを見つめている……。

わたしはちょっと苦笑い。

「10年早いよ」と言い、後ろから愛の頭を指で突ついた。

ゴールデンウィークの最終日。

昼頃。わたしたちは、ヨット・ハーバーにいた。

小織は、新しいウエットスーツを身につけて、ハーバーの桟橋から海に潜っていた。

ムール貝を採るために……。

海に潜ってものの30秒。小織は海から上がってきた。桟橋に両手でつかまり、

「ムール貝が全然ない」と言った。

「全然？」とわたし。桟橋の下にたくさんへばりついていたムール貝が、全くないという。

何が起きたんだろう……。

14　ゴージャスな落水

小織は、栈橋に上がってきた。

そして、説明する。

海中で栈橋を支える柱。そこにびっしりとついていたムール貝。それが、全くなくなっているという。

「なんか、無理やりに削り取ったみたいな感じだった……」と小織。

そのときだった。近くにいたヨット・オーナーらしいオジサンが、

「この前、ハーバーのスタッフや業者らしい連中が、潜って作業してたよ」と言った。

「作業?」わたしは訊《き》き返した。

「なんでも、ハーバー内の清掃とかで、海中の貝をはがしてたなあ……」とオジサン。

「へえ……」わたしは、つぶやいた。すぐにスマートフォンをとり出した。一郎にか

けた。

「おう」と一郎。「いまどこ？」とわたし。

一郎は、魚市場にいるという。わたしは、事情を説明した。聞き終わった一郎は、

「わかった、すぐ行く」


魚市場からこのハーバーまでは、歩いて5分ぐらいだ。

一郎は、すぐにやってきた。そして、一人のハーバー・スタッフに声をかけた。

その若いスタッフは、坂上《さかがみ》。中学の野球部で一郎の後輩だった。間抜けでずる賢《がしこ》いやつだ。

坂上は、ヨットのオーナーにゴマをするように何か話している。一郎はその坂上に、

「よお」と声をかけた。坂上は、一郎の顔を見ただけで少しひるんだ表情……。

「あ……一郎先輩……」と小声で答えた。

「なんか、ハーバーの中を清掃するとかでムール貝を削り取ったのか？」と一郎。

「あ……はい、新しいハーバー部長の指示で」

「ハーバー部長？」

「ええ、先月、本社からきたハーバー部長の指示で……」

「ほう、本社からきたハーバー部長か」と一郎。

このハーバーを経営しているのは、観光バスやタクシーなどの会社だという。

「じゃ、そいつにちょっと話がある。呼んでこい」と一郎。

「は、はい……」と坂上。


すぐ、ハーバー事務所に入った坂上が、一人の男を連れてきた。

四十代だろうか。スーツにネクタイ。メタルフレームの眼鏡をかけている。

やや太りぎみで、色白。ヨット・ハーバーには似合わない男だった。ぱっと見は、丸《まる》の内《うち》のサラリーマンだ。

「あの……こちらが漁協の矢嶋《やじま》一郎さんで……」と坂上。

「で、こちらがハーバー部長の増田《ますだ》さんで」と言った。自分の上司なのに、さんづけ。こいつの脳みそなら、そんなものか……。

「こりゃ、いいや」と一郎。

「おれは漁協の青年部長。そちらは、ハーバー部長。部長同士なら話がしやすい」と言って笑った。

増田というその部長は、露骨に嫌な表情を浮かべた。

一郎は、Tシャツ、ショートパンツ。足元はビーサンだ。そんな格好をした若い相手に、ため口をきかれて、すでに気分を悪くしているようだ。

「……で、なんの用かな？」と増田。つとめてクールを装って言った。

「なんでも、ハーバー内の清掃とかで、桟橋の下についてるムール貝を削りとったらしいな。あの貝を採るのを楽しみにしてた地元の子もいるんだが……」と一郎。

増田は、それを聞くと相手を小馬鹿にしたような苦笑いを浮かべた。

「あのねえ、君。ここがどんな場所かわかってるのかな？」

「どんなって、ただのヨット・ハーバーに見えるが……」と一郎。微笑し、サラリとした口調で言った。

〈ただのヨット・ハーバー〉に、増田はさらに気を悪くしたらしい。顔をそらし、

「漁師のぶんざいで何を言ってるんだか……」と小声でつぶやいた。そして、ハーバーの中を指さした。

「見てみるがいい。美しく磨き込まれたゴージャスなヨットが並んでいるこの風景を……。こんなラグジュアリーなハーバーで、地元の子が貝を採るとか？　そんな貧乏ったらしいまねはしてもらいたくないんだ」増田が言った。

わたしは、そばにいた愛に小声で、

「ラグジュアリーって何？」と訊いた。

「まあ、豪華なとか贅沢《ぜいたく》なとか、そんなところじゃない」と愛が小声で言った。

増田は、一郎やわたしたちを見た。一郎のTシャツは、着古している。小織のはいているビーサンは、かなり擦り減っている……。わたしや愛も、似たような格好だ。

「はっきり言おう。ここは、君らみたいな連中がくるところじゃないんだ。身の程《ほど》を知ったらどうだ」と言った。

一郎は、しばらく無言……。やがて、苦笑しながらうなずいた。

「確かにゴージャスなヨットが並んでるな……。素晴らしい風景だ……」と落ち着いた声で言った。

わたしには、わかった。一郎が腹をくくった。このままではすまない……。


「そういえば、つい昨日だ。このハーバーのヨットが、うちの漁協の定置網に突っ込んだのは知ってるよな？」一郎が言った。

「うちのヨットが定置網に？」と増田。一郎は、うなずいた。

「三つある漁協の定置網の一つに、ヨットが突っ込んで網を壊したんだ。あんた、ハーバー部長なら聞いてないのか？」と一郎。どうやら、それは本当の事らしい。

定置網の周囲は、がっちりとできている。船に突っ込まれたら相当に深刻な被害になるだろう……。

「いま、定置網の被害を調べてるが、修理費は300万をくだらないだろう。それは、そちらに払ってもらう事になるな」と一郎。

「そんな……」と増田。かなりうろたえた表情。「うちのどのヨットが……」

一郎は、腕組み。

「シー・ドラゴン。その馬鹿なヨットが定置網に突っ込んだところを目撃した人間もいるよ。証拠はそろってる」

「シー・ドラゴン……」と増田。ハーバー内を見回す。

「あんたの目は節穴《ふしあな》か？　あそこにあるゴージャスなヨットさ」と言って指さした。

20メートルぐらい離れた桟橋。40フィートぐらいの大きなヨットが舫《もや》われている。真っ白い船体には〈Sea Dragon《シー・ドラゴン》〉と描かれている。

いま、ヨットの上に人の姿はない。

「嘘だと思うなら、見てみようじゃないか。バウに、定置網にぶつかった傷痕《きずあと》があるはずだ」

「バウって？」と増田。

「バウは船首、船の先端。ハーバー部長がそんな事も知らないのか」と一郎は苦笑い。

増田は、ムッとした表情……。この男は、このハーバーにくる前は、オフィスでパソコン相手の仕事をしていたのだろう。

「嘘だと思うなら、とにかく見てみようじゃないか」と一郎。

二人は、〈シー・ドラゴン〉の方に歩いて行く。

ゴールデンウィーク中なので、ハーバーの中は人が多い。そんな人たちがみな、首をのばして一郎と増田のやりとりを見ている。

一郎は、〈シー・ドラゴン〉のそばまでいく。桟橋に片膝《かたひざ》をつき、舫われている〈シー・ドラゴン〉の船首をのぞき込んだ。

「やっぱり、傷痕がある。間違いない」と一郎。「見てみろ」と増田に言った。

増田も、桟橋でかがみ込む。その動作が慣れていない。両膝をつき、おそるおそるヨットの船首を覗《のぞ》き込んで見ようとした。

「それじゃダメだ。もっと身を乗り出さなきゃ見えないぜ」と一郎。増田がさらに身を乗り出そうとした瞬間、

「もっと身を乗り出して」と一郎がその背中をほんの少し押した。

増田がバランスをくずした。

「わ！」という叫び声。増田は、両手で宙をかく。上半身から海に落ちた。

桟橋から海面までは、せいぜい50センチぐらい。それでもかなり派手な水飛沫《みずしぶき》が上がった。

「なかなかゴージャスな落水だな」一郎が言った。

海面の増田は、アップアップしている。あきらかに泳げない。カナヅチだ。「誰か！」と悲鳴を上げた。けれど、ハーバー中のみんなは、あっけにとられてそれを見ている。

増田の眼鏡はなくなって、七三に分けていた髪は、額にへばりついている。ゲホゲホとむせている。

一郎は、近くにあった小さなビニールボールをとった。ヨット・オーナーの子供のものだろう。

それを海面の増田に放り投げた。増田が必死の表情でそれをつかんだ。ほとんど浮力がない小さなビニールボールにやっとつかまり、相変わらずゲホゲホとむせながら、「タダですむと思うなよ！」と一郎に叫んだ。

「ああ、タダじゃすまないな。定置網修理費の請求書は間もなく送るよ。よろしく」と一郎。わたしたちに、「さあ、行こう」と言った。

ハーバー中の全員が固まっていた。増田は、まだ海面でアップアップしている。


わたしたちは、ハーバーを出る。午後1時半。眩《まぶ》しい陽射しの中を歩きはじめた。少しうつむいて歩いている小織の肩に、一郎が手を置いた。

「がっかりするな」

「でも……」と小織。

「まあ、まかせておけ」一郎が言った。


「え？　船で？」と小織。かなり驚いた表情をしている。

わたしたちは、漁港の岸壁にきていた。そこには、一郎がよく使っている船が舫われていた。かなり小型で、小回りがきく漁船だ。

「乗って」と一郎。わたし、小織、そして愛はその漁船に乗り込む。

一郎が、エンジンをかけた。50馬力の船外機が力強い音をたてる。

わたしも手伝って、舫いロープをほどいた。

一郎が船のクラッチを入れ、ゆっくりと岸壁をはなれる。港を出て行く……。

15　思い出すんじゃなくて、忘れられないのさ

べた凪《なぎ》の海を7、8分走る。

トンボより小さい飛び魚の稚魚が、海面の上を滑空している。その半透明の翼が、初夏の陽射しに光っている……。

「このあたりだな」と一郎。船のギアを〈中立《ニュートラル》〉にした。

船のスピードが落ちる……。やがて、森戸神社の沖。〈森戸ノ鼻〉と呼ばれる磯が、あちこちで海面に顔を出している。

その磯のそばで一郎は船を停めた。

「この磯には、ムール貝がついてる」と小織に言った。

「ここに？」と小織。一郎はうなずく。

「ヨット・ハーバーの方が採りやすいから教えたんだが、このあたりの磯にもムール

貝はついてるよ」と言って微笑した。

「まあ、潜ってみろよ」と一郎。

小織はうなずく。水中メガネとシュノーケルをつけた。そんな小織に一郎がアドバイスする。

「安全第一だから、一度に長く潜るな。お前さんの肺活量ならせいぜい20秒。1回にムール貝の二、三個も採ればいいだろう」と一郎。「回数潜ればいいんだ」と言った。

小織がうなずいている。一郎の言葉には、海で育ってきた人間だけが知っている重みがあった。

やがて、小織は船べりから海に入った。

「ほら」と一郎。小織に磯鉄《いそがね》をさし出した。

磯鉄は、貝類をはがして採るための金属の道具。素人には、釘抜《くぎぬ》きのように見えるだろう。

小織は右手にそれを持ち、左手に軍手をはめた。そして、息を吸い込み潜っていった。

……15秒ほどで、海面に上がってきた。その左手には、ムール貝が二個。小織は、シュノーケルを口からはずして笑顔を見せた。

「オーケイ」と一郎も白い歯を見せた。

濃いブルーの空には、近づいてくる夏を感じさせる積乱雲がもり上がっていた。

「あいつ、なんかソワソワしてないか？」と一郎。小声で、わたしに言った。

午後5時半。うちの店〈ツボ屋〉だ。

店には、一郎と武田がいた。

武田は、葉山の中学で体育を教えている。と同時に野球部の顧問でもある。

一郎は、その中学出身で、元プロ野球選手。なので、武田に頼まれて、ときどき野球部で教えている。

今日も、一郎は野球部のコーチをしてきたらしい。そのまま、武田とうちの店にきて、〈お疲れ様〉のビールを飲んでいるようだ。

そんな一郎が、小声で〈あいつ、なんかソワソワしてないか？〉とわたしに言った。

その〈あいつ〉とは、愛だ。

確かに愛は、ソワソワしている。汚れてもいないテーブルを拭《ふ》いたり、サバティーニがいる出窓を拭いたり……。

出窓のガラスを拭きながら、外を見たり……。

落ち着きがないその理由は、わかっていた。通販で注文した〈はじめてのブラ〉が今日あたり届く予定になっているのだ。

一郎と武田は、ゆっくりとビールを飲みながら、中学野球部の事を話している。

そのとき、宅配便のバイクがうちの前に停まった。愛は、もう店のドアを開けていた。

バイクをおりた人から荷物を受け取る。それを両手にかかえ、

「ちょっと上にいってるね」と言い、そそくさと二階に上がっていった。一郎も武田も、それを見ている。

「愛のやつ、どうしたんだ」と武田。「アイドルの写真集でも届いたのか？」

一郎は、しばらく無言でビールを飲んでいる。やがて、微《かす》かに苦笑い。

「もしかして新しい下着が到着したとか？」と言った。


「どうしてわかったの？」とわたし。かなり驚いて一郎を見た。

一郎は、またビールをひと口。

「似たような経験があるんだ。……妹がいたから」と言った。武田がうなずいた。そして、

「桃《もも》ちゃんか……」とつぶやいた。

確かに一郎には桃ちゃんという妹がいた。6歳違いの妹が……。

一郎は、わたしがついだ二杯目のビールに口をつけ、

「桃のやつ、小学生の頃はオテンバで男の子みたいだったな。見た目もボーイッシュで……」と話しはじめた。

「あれは、桃が中一になった夏休みだった。ある日、宅配便がきて、それをおれが受け取ったんだ。宛名《あてな》を確かめもしないで開けちゃったら……」

「それが、桃ちゃんの？」わたしが言った。一郎は、苦笑いしてうなずいた。

「その年頃の子が、たぶん初めてつけるブラだったよ」

「で？」と武田。

「おれがそれを手にしてるところへ、たまたま桃がきちゃってさ」

「そりゃまずいわね」とわたし。一郎はうなずく。

「桃は顔を赤くしてるし……おれはただ〈ごめんごめん、開けちゃった〉と言うしかなくてさ……」と、また苦笑い。

「気まずかったのは当然だけど、ふと思ったよ。この子も、こんな年齢《とし》になったんだって……」

わたしは、うなずいた。

「6歳違いだから、赤ん坊の頃はオシメを替えてやったり、あいつが幼稚園にいって

た頃は一緒に風呂《ふろ》に入ったりしてたのにな……」

相変わらず苦笑いしたまま、一郎はビールに口をつけた。

わたしは、様子を見に二階に上がってみた。

愛は苦戦していた。ブラのホックがうまくかからないらしい。

両手を背中に回して「うう……」とか言っている。あれほど口は達者なのに、意外に不器用だ。わたしが手伝ってなんとかなった。

「大人になるのも、なかなか大変なのよ。練習、練習」わたしはそう言い、愛の肩を軽くたたき、一階におりた。

一郎と武田が話している、その会話が耳に入ってふと立ち止まった。

「桃ちゃんが事故に遭って、もう5年たつのか……」と武田。

「今年の秋がくると5年だな……」一郎が淡々とした口調で言った。

桃ちゃんは、中一の秋、暴走してきたトラックにはねられて天国に旅立ったのだ。

運命の神様はときに残酷だ。

「何かあるたびに思い出すか……」少し沈んだ声で武田が言った。

一郎はしばらく無言。

「思い出すって言うより、忘れた事がないんだな……」と淡々とした口調で言った。

ずば抜けて仲がいい兄妹《きょうだい》だったとは聞いている。

武田は、無言でいる……。口に出すうまい言葉が見つからないようだ。そこで、わたしはあえて明るい表情で店に顔を出した。

「桃ちゃんの件で思い出した。先週、マーリンズの有村《ありむら》さんから連絡があった」

新しいビールに口をつけて武田が言った。

「有村さん……」一郎がつぶやいた。どうやらその人は、かつて一郎が所属していた球団〈横浜マーリンズ〉の人らしい。

「有村さん、お前の様子を訊《き》いてきたよ。すごく心配してるらしくて、球団に戻ってくる気はなさそうかと……」武田が言った。

一郎がいた〈横浜マーリンズ〉が、一郎のカムバックを望んでいるのは、わたしも知っていた。

「有村さん、近々、葉山に来るとか言ってたな」

と武田。一郎は、無言でうなずいた。ゆっくりとグラスに口をつけた。

店のミニ・コンポからは、N《ナット》・キング・コールの父娘《おやこ》が歌う〈Unforgettable《アンフォゲッタブル》〉が低く流れていた。〈けして忘れることはできない〉と娘のN《ナタリー》・コールが歌っている。


ゴールデンウィークが過ぎた2日後。

漫画誌〈コミック・マンデー〉の編集者、遠藤がやってきた。

わたしと愛は、今日の明け方も魚市場に行った。捨てられている魚やイカを拾うためだ。

そろそろヤリイカが獲《と》れるシーズンになっていた。

ヤリイカは、特に脚が柔らかい。なので、定置網から水揚げするときに脚がかなり千切れてしまうのだ。

すると、見栄えが悪く、商品として出荷する事が出来ないので、市場のすみに捨てられている。

わたしと愛は「しめた」と言いながらそのヤリイカを拾う。持ってきたポリバケツに入れていく……。市場の人たちは忙しく働いてるので、そんなわたしたちには目もくれない。

いま、お店には、そうやって拾ってきた新鮮なヤリイカがある。脚が千切れていても、味に変わりはない。わたしは、それをお刺身にしていた。遠藤がやってきたのは、そんなときだった。

午後5時過ぎ。

「わあ、〈月刊パピー〉！」と愛が声を上げた。

遠藤が持ってきた紙袋には、少女漫画誌〈月刊パピー〉が三冊入っていた。「発売したばかりのだよ。これ、お友達にもね」と遠藤。三冊を愛に渡した。

「これは美味《うま》い……」と遠藤。わたしが出してあげたヤリイカの刺身を口に入れ、ビールを飲んだ。一息つくと、愛を見た。

「例の葛城さんの事なんだけどね、知ってる事を少し教えてくれないかな？」と言った。

「お安いご用よ」と愛。

「葛城オジサンは、ラーメン屋の息子だったの」と話しはじめた。

葛城のお父さんは、ラーメン屋の三代目。昔かたぎで頑固なラーメン職人。麺《めん》やスープづくりには一切の妥協をしない名人だった。

それを聞いていたわたしは、ちょっと首をひねった。葛城から聞いていた話とは少し違うような……。

愛の話は、続く。

ラーメンの命であるスープを作るために、葛城のお父さんは、豚骨と鶏ガラを一晩がかりで煮詰めていたという。

息子の葛城も、それを手伝っていた。

そのため、葛城少年の髪や服からは、いつもガラの匂いが漂っていた。

同級生から〈おまえ、ガラ系だな〉などと冷やかされると、葛城少年は唇をかみ、〈勝手に言ってろ、勉強はお前たちに負けないぞ〉と決心したという。

それも、わたしは初耳だ。

16

髪の毛、もう少し増えません？

たぶん、愛が作り話をかなり混ぜている……。でも、それなりによく出来ていた。

〈ガラ系〉はけっこう笑えるし……。

「お父さんのラーメンは、すごく美味《おい》しかったけど、ラーメン一杯あたりの生産コスト、つまり経費がかかり過ぎたのね」と愛。うちの店の経理部長らしいセリフを口にした。

わたしが聞いた話だと、近くに有名なチェーン店が出来て、そっちにお客をとられ、経営が苦しくなったと……。

でも、愛のストーリーだと、一杯のラーメンに経費をかけすぎて、お店の経営が苦しくなったという。

「お父さんは、10円の値上げもせずに最高のラーメンをお客さんに提供しようとしてたんだけど、じりじりと材料費が値上がりして、そこに無理がきて……」と愛。

葛城から聞いたのとは微妙に違うけど、こっちの方がストーリーとしてはいいような気もする……。さすが漫画大好き少女の愛だ。

「で、いよいよ経営に困ったお父さんは、近くの信用金庫に融資を頼みに行ったんだけど、あっけなく断られたの」と愛。

「そして、とうとうお店は潰《つぶ》れてしまい、一家は離散」と言った。

わたしは「え?」と声に出した。葛城の実家が離散したとは、聞いていない。

〈あんた、勝手に一家を離散させていいの?〉わたしは言おうした。けれど遠藤が、

「そうか……辛《つら》い話だな……」などとつぶやきながらメモをしている。

「で……そんな信用金庫のやり方に疑問を持った葛城オジサンは、一流大学を出ると、大企業の内定を蹴《け》って、わざわざ逗葉信金に入った。本当に困ってる人を助けるためにね」と愛。

〈大企業の内定を蹴って〉もたぶん愛のフィクションだ。

「そうか……それで、あのNHKのドキュメンタリーにあったように、小規模事業者を助けようと……ゴム長を履いて……」と遠藤。愛は、大きくうなずき、

「そう、服はスーツでも、しょっちゅうゴム長を履いてるわ。カッコよくないオジサンだけど、まあ、そういうオジサンなんだ」と言った。

いろいろと愛の作り話が混ざっているけど、その方がストーリーの面白さが感じられる。わたしは、かなり感心していた。愛のやつ、やるもんだ……。

そのときだった。ドアが開いて葛城本人が入ってきた。

「へえ、これが私か……」

と葛城。テーブルにある絵を見てつぶやいた。

それは、遠藤がカバンから出してきた漫画の下書きだった。

「漫画家さんに頼んで、とりあえず、主なキャラクターの下書きをしてもらったんです」と遠藤。

今回起用する予定の漫画家は、宮田照夫《みやたてるお》という人だという。

一枚目のその紙には、確かに葛城らしい中年男がサラリと描かれていた。

スーツにネクタイ、足元はゴム長。髪は、かなり禿《は》げている。

人が良さそうな顔だ。脚は、少しがに股《また》。照れたような感じで頭をかいている姿。

……さすがにプロの漫画家。上手《うま》いものだ。

その男のわきには〈主人公・田崎《たざき》・40歳・融資課課長〉と手書き文字。

二枚目の絵は、こちらもスーツ姿の男。メタルフレームの眼鏡。髪はきちっと七三分け。その人物には〈信用金庫の部長・深山《みやま》・45歳〉と書かれている。

「この部長は、典型的なエリート志向の人物で、ことあるごとに主人公とぶつかる。つまり、敵役《かたきやく》です」と遠藤が言った。

わたしたちはうなずいた。漫画だと、そういう敵役も必要なんだろう。


三枚目の絵は、中年女性。少しぽっちゃりした体にエプロンをかけている。

そこには〈定食屋の女主人・里子《さとこ》・37歳〉と書かれている。

「主人公の田崎が行きつけの定食屋の女主人で、田崎のグチをきいてくれる役です」と遠藤。

「ストーリーが進むにつれ、主人公の田崎との間に淡い恋愛感情が流れるという設定を考えています」と言った。

四枚目の絵は、可愛らしい少女だった。
髪は二つに結んでいる。そこには、
〈定食屋の娘・藍《あい》・中学一年〉と書かれている。
「この子は、なにかとグチる田崎に、子供らしからぬ鋭い突っ込みを入れる役で……」

と遠藤。わたしは苦笑い。「それじゃ、まるで愛じゃない」と言って、そばにいる愛の方を見た。

遠藤は笑顔になり、

「実は、そうなんです。葛城さんと愛ちゃんのやりとりがすごく面白かったんで、そのままキャラクターとして使わせてもらおうと思いまして」

と言った。愛は、その絵をじっと見ている……。

〈キャラクターの使用料は出ないの？〉などと言うんじゃないかと思った。けれど、ただじっとその絵を見ている……。

「これが、まああらすじでして」と遠藤。二、三枚の紙を出した。

まず、〈『ゴム長課長』企画案〉というタイトルがプリントアウトされている。そして、

〈舞台は、相模湾《さがみわん》に面した風光明媚《ふうこうめいび》な町〉

〈小さな漁港があり、すぐ山側には畑などが広がっている〉

「ヒントにしたのは葉山なんですが、あえて葉山とはせず、相模湾に面した架空の町にしました」と遠藤。

「それに、葉山だと〈お洒落《しゃれ》な町〉というイメージが強すぎる事もあり……」と言った。わたしたちは、うなずいた。さらに、企画書を見る……。

〈町には、漁師、野菜や果物を作る農家、食堂、民宿、鮮魚店、ウインド・サーフィンのショップなど、小規模な事業者が多い〉

〈その町の信用金庫に勤める主人公・田崎は、生まれつきの人情家〉

〈さらに、信金は貧しい人々を助けるためにあるという信念を持っている〉

〈田崎は、経済的に困っている小規模事業者には、ためらわず融資をする〉

〈さらに、その事業者を援助する〉

〈いつもゴム長履きで、自転車で町を走り回る〉

〈魚市場の手伝いをしたり、農作業を手伝ったり……〉

〈エリートの部長と対立しながらも、自らの生き方をつらぬく田崎には周囲からの信頼がよせられていた〉

〈けれど、融資の結果が上手くいかない事態にもぶつかり、行きつけの定食屋でグチる事も……〉

〈すると、定食屋の娘・藍に、中学生らしからぬ突っ込みを入れられて、苦笑い。そこには、温かい笑いが響く……〉

〈人情や人間関係が希薄になったいまの社会に一石を投じる連載企画〉

となっている。

「これを昨日の編集会議にかけたところ、一発で通りました」と遠藤。

「こちらのオーケイがでたら、すぐ作業に入りたいんです」と言った。

〈コミック・マンデー〉は、週刊誌なのだという。

「いまから、ネームづくり、つまり細かくきちんとしたストーリー作りなどをはじめて、7月前半の号からは連載を開始したいんです」

と遠藤。わたしたちを見回し、「いかがでしょうか」と言った。


「あの……」葛城が遠慮がちに口を開いた。遠藤が葛城を見た。

「この企画そのものには何の不満もないのですが……」と葛城。

「では？」と遠藤。

「あの……もしよろしかったらでいいんですが、主人公の髪を、もう少しだけ増やしてもらえる事は可能でしょうか」

葛城が言った。わたしは、思わず吹き出すところだった。遠藤は、微笑した。

「なるほど……わかりました」と言った。主人公・田崎の絵。その頭の部分に、矢印を描き〈頭髪ふやす〉と書き込んだ。

「愛ちゃんは、どう?」と遠藤が訊《き》いた。愛は、相変わらず漫画の〈藍〉が描かれた紙をじっと見ている。何か考えている……。

〈藍〉は、中一なのでセーラー服。髪は、可愛く二つに結んでいる。

「自分がモデルなんだから、もっと可愛く描いて欲しいとか?」と遠藤が微笑した。

愛は、首を横に振った。そして、

「その逆」と言った。

「逆?」と遠藤。愛は、うなずいた。

「この子、可愛過ぎる」と愛。「可愛過ぎて、このストーリーの中でなんか浮いてる」

と言った。遠藤は腕組み。

「そう言われてみれば……」とつぶやいた。

「じゃ、たとえば、どんな風にすれば……」と愛に訊いた。愛は、しばらく考える。

「口で説明するの、難しいから、自分で描いてもいい?」と愛。遠藤は少し驚いた顔。

それでも、「あ、ああ……」と言った。

「じゃ、やってみるね」と愛。二階に上がっていった。その後ろ姿を見ながら、

「あの子、漫画みたいな絵を描くのが好きで……」とわたしはフォローした。

「へえ、ひとくちに融資と言っても、いろいろあるんですねえ」と遠藤。メモをとりながら、葛城の話を聞いている。

愛が二階に上がってから、15分ほど過ぎていた。葛城と遠藤は、ビールを飲みながら話していた。

やがて、愛が二階からおりてきた。手にはノートの1ページを破ったものを持っていた。

「たとえば、こんな感じ」と言い、それを遠藤に見せた。

そのとき、遠藤の表情が変わった。鋭い目つきで、愛が描いた絵を見ている。そして、

「……これは……」とつぶやいた。

わたしも、わきからその絵を見た。いかにも中学一年らしい女の子がボールペンで描かれていた。

髪は二つに結んである。けれど、漫画家さんが描いたような美少女ではない。どちらかといえば、愛本人に似ている。鼻はやや低い。黒目は大きく、クルクルとよく動きそう。顔全体に、いたずらっ子のような雰囲気がある。

それを20秒ほど眺めていた遠藤は、「上手《うま》い……」とつぶやいた。それは本音のように感じられた。

「絵が上手いし、何よりこのキャラクターを見事に描《えが》いている……」と遠藤。その絵をじっと見つめている。やがて、顔を上げた。

「この宮田さんという漫画家さんは、一時期、少女漫画も描いていてね……。その経歴もあって、女の子を描くとどうしても典型的な美少女になってしまうんだ」と言った。

「今回も、中年のキャラクターはみなリアルで上手に描けてるのに、確かに藍だけにリアリティーがなかった……」

遠藤が言い、愛が小さくうなずいた。

「主人公の中年男に鋭い突っ込みを入れるなら、確かにこういうキャラでなけりゃ……」と遠藤。愛が描いた絵をまたじっと見て、

「ありがとう。これを、さっそく漫画家の宮田さんに見せるよ」と言った。

このやりとりが、愛の人生を大きく変える事になるとは、そのときのわたしは想像すらしていなかった。

17　ポルシェは災難

「おお、ずいぶん頑張ったな」と一郎。船の舵《かじ》を握ったまま言った。

5月の第2土曜日。一郎が操船する漁船は、森戸の沖にいた。

小織が磯に潜ってムール貝を採っていた。この30分で四十個ぐらいの貝を採っただろう。

やがてひと休み。わたしや愛が手を貸して、小織は船に上がった。水中メガネをはずし、ほっと息をついた。

「明日の日曜？」わたしは小織に訊き返した。

明日は5月の第2日曜日。母の日だ。そこで、

「あの……お母さんに、ムール貝の入ったパスタを食べさせてあげたいんだけど……」

「それは全然かまわないけど、お母さん、ムール貝を食べた事がないの？」訊くと小織はうなずいた。少し恥ずかしそうに……。

彼女がお金を稼ぐためにムール貝を採っているのは、知っているという。けれど、

「ムール貝を使った料理を食べた事がなくて……」と小織。

「それで、母の日に……」わたしは、つぶやいた。今度は、小織がうなずいた。

「もちろん、お安いご用よ」とわたしは言った。

「……」と小織が言った。

翌日、母の日。午後の4時半。

小織とお母さんは、やってきた。

店は、相変わらず暇だ。日曜なのに、四人のお客がきただけだ。みな、バス通りのファミレスに入ってしまうのだろう。

愛はいま、横須賀の病院にお母さんの見舞いに行っている。愛のお母さんは、悪性リンパ腫《しゅ》という難病で入院している。愛は、そんなお母さんにカーネーションの花を持って行ったところだ。

小織のお母さんは、店に入ってくると、深々とおじぎをした。

「いつも小織がお世話になってまして……」とお母さん。「仕事があって、遅くなりました」と言った。

小織のところは、あの〈チャイルド・レスキュー基金〉から食料品の援助などをうけている。

それでも、生活は楽じゃないようだ。いまも、お母さんはやっと見つけたパートで、なんとか暮らしをささえているという。

二人がテーブルにつくと、わたしは手を動かしはじめた。

トマト味をベースにしたシーフードのパスタを作りはじめた。もちろん、小織が採ったムール貝をたくさん入れて……。店に、ニンニクを炒《いた》めるいい香りが漂いはじめた。

「どうぞ、ごゆっくり」

わたしは、二人の前にパスタのお皿を置いた。お母さんの前には、赤ワインのグラスも……。

「いただきます」と言い、二人はフォークを使いはじめた。照れくさいのか、無言で食べはじめた。

「あの、これ……」と小織。自分のスマートフォンをわたしに差し出した。

どうやら、お母さんとの写真を撮って欲しいという事らしい。

わたしはうなずき、スマートフォンを二人に向けた。二人は、フォークを持ってこっちを見た。さすがに表情がこわばって笑顔は作れない。それでも、わたしはそっとシャッターを切った。


「ごちそうさまでした。本当に美味《おい》しかったです」

と小織のお母さん。二人はパスタを食べ、出してあげたアイスティーを飲み終わったところだった。

「あの、これ、本当につまらないものなんですが……」

とお母さん。小さな紙袋をわたしに差し出した。どうやら手土産らしい……。

わたしは、その袋をのぞいてみた。入っているのは、どうやらラッキョウ。ラッキョウの瓶詰めらしい。

お母さんは、ラッキョウの瓶詰めをする工場でパートタイマーとして働いているという。

「ありがとうございます。ラッキョウ、好物なんです」とわたしは言った。まんざら、嘘ではない。

小織とお母さんは、また深々とおじぎをして、店を出ていった。わたしは、店の外で見送る。

夕方近い道に、二つの影がのびている。長い影と短い影。手をつないだ影が、ゆっくりと遠ざかっていく……。

わたしは、じっとその影を見つめていた。


パカッと音がして、瓶の蓋《ふた》が開いた。ラッキョウの匂いが漂う……。

わたしは、箸《はし》でラッキョウを三粒ほど小皿にとった。

ラッキョウは、もういないお爺《じい》ちゃんの好物だった。

漁師食堂をやっていたあの頃……。お客が帰っていった店のカウンター。お爺ちゃんはよく、ラッキョウを肴《さかな》にしながら日本酒を飲んだものだった。

ぽりぽりとラッキョウを齧《かじ》り、辛口の日本酒を口に運んでいた。

それをながめているわたしにの口にも、「ほら」と言ってラッキョウを入れてくれたものだった。

そんな事を思い出しながら、わたしはラッキョウを口にした。

甘く酸っぱいその味は、お爺ちゃんの事を思い出させた。

思い出す事はできても、決して戻らない日々……。鼻の奥が、ツンとした。

窓から入る夕陽が、ラッキョウの小皿のふちに光っている。店のオーディオからは、〈Yesterday《イエスタディ》〉が低く流れている。


「あ、三浦野菜！」と愛。出窓から外を見て言った。

わたしも、サバティーニの頭ごしに外を見た。うちのすぐ前に軽トラが駐《と》まっていた。

三浦野菜を直売している軽トラックだ。

わたしは、小銭を持って店を出た。かなり古ぼけたトラックの荷台には〈サワダ農園〉と描かれている。

わたしの姿を見ると、日焼けしたおばさんが笑顔になった。

すでに近所の人も二人、野菜を物色している。

葉山から国道１３４号を南に下っていくと、左右に畑が広がっている。

そこでは、さまざまな野菜やスイカなどが栽培されていた。三浦半島でとれるので三浦野菜と呼ばれている。

この軽トラは、そこから直売にきている。うちの前のような細い道にも入ってきてくれるのがありがたい。

もうおなじみになった、かなり高齢の夫婦が野菜を売っている。

荷台には、キャベツ、ブロッコリー、アスパラガスなどが積まれている。近所の奥さんは、アスパラガスを買っている。

わたしは、キャベツに目をつけた。

いわゆる〈春キャベツ〉というのは、3月か4月あたりのものだ。

けれどこの夫婦が売っているキャベツは、5月6月になっても柔らかく甘い。栽培方法が何か違うのだろうか……。

わたしは、キャベツを二つほど買った。値段は、スーパーの半値以下だ。わたしが、人の良さそうなおばさんにお金を払っているときだった。

何かブルブルというエンジン音が聞こえた。

一台のクルマがやってくる。バス通りの方から、こっちに向かってゆっくりとやってくる。

銀色のポルシェ。オープンカーで品川《しながわ》ナンバーだった。運転席には三十代に見える男。濃いサングラスをかけている。

助手席にはこれも30歳ぐらいの女。明らかにブランド物のニットを着て大きなサングラスをかけている。

ポルシェがクラクションを鳴らした。軽トラにどけと言ってるらしい。

ポルシェは、この道を砂浜の近くまで行きたいらしい。

軽トラのおばさんは、ちょっと不安な表情。わたしは、

「どくことないわよ」と言った。すると、ポルシェがまたクラクションを鳴らした。

わたしは、そっちに歩く。

「ここはうちの私道なの。バックして戻って」と運転席の男に言った。

男は、むっとした表情。たぶん、湘南デートの途中。砂浜近くまでポルシェで行きたいのだろう。

「あの汚い軽トラ、わきに寄せてくんない」と男が言った。今度は、わたしがむっとした。

軽トラを寄せても、二台がすれ違うのはギリギリだろう……。

わたしは、ちょっと考える。そして、軽トラのほうに行く。

「うちの前ギリギリまで寄せてくれる？」とサワダ農園のおじさんに言った。

おじさんはうなずいた。エンジンをかける。2回3回と切り替えし、うちの店の前

ギリギリまで寄せた。

それを見ると、ポルシェがじりじりと動き出した。軽トラのわきを抜けようとしはじめた。

道の向こう側は、コンクリートブロックの塀だ。

ポルシェは、その塀と軽トラの間を抜けようと、そろそろと動く……。

へたをするとコンクリートブロックの塀にボディーをこすりそうだ。それでも、ジリジリと進んでいく。

二台がちょうど並んだときだった。ポルシェがぐっと左に傾いた。そして止まった。

ポルシェのエンジンはかかったままだ。それでも動かなくなった。

わたしには、その理由がわかっていた。

この私道の向こう側、コンクリートブロックの塀から50センチぐらいは、舗装されていない。砂浜と同じような状態なのだ。

いま、ポルシェの左側の車輪はその砂地にはまったらしい。

運転席の男は、あわててアクセルをふかした。けれど、車は動かず、その傾きはさらに大きくなる。車輪が空回りしている……。

左側の前輪も後輪もいまや砂地に沈みかけている。男がアクセルを踏むと、駆動《くどう》する後輪はさらに空回りして、車体は沈んでいく……。

20分後。

「クソ！」と男が叫んだ。砂地にはまった車輪を、磨き込んだ靴で蹴《け》った。

三浦野菜のおじさんとおばさんは、もういなくなっている。わたしは、店の出窓ごしにその光景を見ていた。

やがて、男は乱暴な動作でスマートフォンを取り出した。ＪＡＦでも呼んでいるのだろう。

18　ウマヅラの勝ち

「キャベツが甘くて柔らかい……」と愛がつぶやいた。午後1時。買ったばかりのキャベツを使って昼ごはんの焼きそばを作ったところだった。

「これでお肉があればね……」と愛。少し淋《さび》しそうにつぶやいた。確かにうちの焼きそばは肉なしだ。

うちの経済状態は、最悪。信金への借金返済。さらに、去年の台風で被害をうけた家の修理費も、分割で払っている。

とても肉を買える状態ではない。

「まあ、キャベツで我慢して」わたしは愛に言った。愛の細い肩を見て、心の中では〈ごめんね……〉とつぶやきながら……。

そして、窓の外を見た。

1時間ほどしてやっと到着したJAFのレッカー車が、ポルシェを砂地から引っ張り出そうとしている。

けれど、さすがのJAFも手こずっている。

ポルシェを砂地から引っ張り出そうとした瞬間、車体がさらに傾いた。サイドミラーがコンクリート塀に当たり、ポキリと折れた。

男の悲鳴のような叫び声があたりに響いた！　女はとっくに姿を消していた。

わたしがそんな光景を眺めているときだった。

「そうだ、海果！」と愛が声を上げた。

「何？」わたしは愛を見た。

「これだよ、これ」と愛。食べている焼きそばを指さし、「こんな美味《おい》しいキャベツが手に入るなら、ロールキャベツ作らなきゃ！」と言った。

「ロールキャベツか……」わたしはつぶやいた。となると、「中身は合い挽《び》き肉とか？」と言うと、愛が首を横に振った。

「お肉使ったら、そこそこの原価になっちゃうじゃない」

「まあ……」

「それじゃ、コスパ悪いよね」と愛。コスパ、つまりコスト・パフォーマンスは、経理部長の愛が好きな言葉だ。

「お肉使わなきゃどうするの」とわたし。

「魚！　市場で拾ってきた魚を使うんだよ」

「魚か……」とわたし。「でも、アジやサバじゃ生臭いし……」

「だから、白身魚を使うの！」と愛。「そっか……」わたしは、つぶやいた。

そうしているうちに、ある記憶がよみがえってきた。

あれは、慎の作ったCMがグランプリをとった授賞パーティー。その後、ホテルのレストランで口にした〈魚介のテリーヌ〉だ。その食感と味を思い出していた。

「そっか……」と思わずつぶやいた。

わたしの中では、魚といえば刺身、焼く、フライとかのイメージしかなかった。あのテリーヌのように、

「ミキサーにかける手もありか」と言うと、愛がうんうんとうなずいた。

「魚介のロールキャベツなんて、世の中にないはずだよ。ヒットするかも」と愛は鼻の穴をふくらませた。

「でも、白身魚っていうと……」

「いまなら、ウマヅラハギ」と愛。

「あ、そうだ！」

翌日。午前5時。わたしと愛は、魚市場に行った。今朝も一郎が仕事をしていた。

「ねえ、ウマヅラハギあるよねえ」と訊《き》くと、

「ウマヅラなら、あのポリバケツにどっさりあるよ」と言った。市場の隅にある中型のポリバケツを指さした。

ウマヅラハギは、カワハギの仲間で白身の魚だ。けれど、カワハギのようにお店に出荷される事はまずない。

カワハギに似ているけど、顔が長く、文字通りウマヅラだ。そして、カワハギより大きく不格好《ぶかっこう》なのだ。

カワハギは人気があるのに、ウマヅラはその見栄えで無視されている。店に並べても、なじみがないので主婦などが手を出さないらしい……。

いま、ポリバケツの中にはウマヅラがかなりの数入っていた。このところ、たくさん網に入ると一郎に聞いた事がある。

このポリバケツのウマヅラはたぶん出荷できず捨てられる……。

わたしと愛は、ウマヅラを自分たちのポリバケツに入れはじめた。魚市場の誰も、それを見て文句は言わない。

2時間後。わたしは、とりあえず二匹のウマヅラを三枚にさばいて小骨もとる。その白身をミキサーに入れてスイッチ、オン。すぐに、白身はミンチ状になった。それを、おはぎのような形にし、蒸し器に入れた。味つけをする前に、とりあえず形にしてみたかったのだ。

やがて蒸し器から、いい匂いが漂いはじめた。すると、出窓にいた猫のサバティーニがふり向いた。鼻をクンクンさせている。

「あ、サバティーニが反応してる」と愛が笑った。

ごく軽く蒸し上げたものを皿にのせた。少し冷まして、床に置いた。出窓からおりてきたサバティーニが、それをすごい勢いでハグハグと食べはじめた。

「おお！」と愛。

「チャオちゅ〜るより、ウマヅラの勝ちか」わたしは苦笑い。

「これはいける！」と愛。

出来たロールキャベツをひと口食べて言った。

素材が新鮮なので、味つけはシンプル。ミキサーにかけた新鮮なウマヅラには、ほんの少しの塩とコショウ。

そして、俵《たわら》のような形にして少しだけ蒸す。

それを、三浦野菜のキャベツでくるむ。薄味のコンソメでしばらく煮込めば完成だ。

わたしも食べてみた。

ふわふわとした白身魚の淡い味。それにキャベツの甘さが絶妙に合っていた。


そのときだった。わたしのスマートフォンにラインの着信。慎からだった。

わたしが液晶画面を見ていると、

「あ、慎ちゃんからのラインだ」と愛が言った。わたしは愛を見た。なんで、わかるの？

「海果は、なんでもすぐ顔に出るからさ」と愛。

「ほっといて」と言い、わたしは愛の頭を指で突ついた。ラインを開く。

〈元気？〉と慎。〈相変わらずビンボー〉とわたし。

〈ところで、明日あたり店に行ってもいいかな？〉

〈もちろんよ〉と返すと、

〈実は、来週から、以前から話してるドキュメンタリー番組の取材・撮影に行くんだ〉

〈へえ、どこへ？〉

〈タイとヴェトナムへ3週間ほど。なんで、その前にちょっと会いたくて〉と慎。

そんなやりとりを、わきから愛が覗《のぞ》き込んでいる。

「ちょっと会いたくてか……慎ちゃん、うふふ……」

「あんた、もう！」わたしは愛に言い、〈わかった。待ってる〉と慎にラインを返した。


翌日。午後1時過ぎ。

慎が来た。ファンに見つからないよう、いちおう大リーグ・ドジャースのキャップをかぶり、濃いサングラスをかけている。これなら人気俳優の内海慎とはわからないだろう。

いま、店に客はいない。慎は、わたしと愛に、

「やあ」と言いキャップなどをとる。カウンター席についた。

「ちょうど食べて欲しいものがあるんだ」わたしは言った。ロールキャベツを作りはじめた。そうしながら、

「あのドキュメンタリー番組、とうとうはじまるのね……」と言った。

その話を慎から聞いたのは、去年の秋だった。

いまの世界は、潜在的な貧困にあふれているという。

戦地や紛争地帯でなくても、貧しい生活をしている人々は多い。

学校にいけない子供たち、文字を習うことさえ出来ない子供たち……。

そんな現実を、慎はヒッチハイクの旅で体験してきた。特に、タイ、ヴェトナムなどの東南アジアで……。

「たとえば、タイの洒落《しゃれ》たリゾートでは、日本人の観光客たちが土産を買いあさっている」と慎。「そんな土産を売っているのは、まだ10歳の子供だったりするんだ」と言った。

「その子たちは、学校にも行けず？」わたしが訊くと慎はうなずいた。

「学校に行けないどころか、アルファベットのＡＢＣすら読めないんだ」

「…………」

「ところが、土産物を買う日本人観光客たちは、そんな事には全く興味を示さない。気にもとめないんだ」

と慎。軽くため息。

「結局のところ、日本人のほとんどが世界の今について何も知らない、知ろうとも思わないんだ」と言った。

「そこで、ドキュメンタリー番組を……」わたしがつぶやくと彼はうなずいた。

ある民放の特別番組として、そのドキュメンタリーを制作する事になった。

ドキュメンタリーのタイトルは『僕らは、何も知らない』だという。かなり強烈なタイトルだけど、すごくいいと、わたしのカピバラ脳でもわかる。

その取材が、いよいよ来週からはじまるらしい。


「はい」わたしは、慎の前にお皿を置いた。

白身魚のロールキャベツだ。慎は、

「いただきます」と言い、それをひと口……ふた口……。無言で大きくうなずき微笑した。

それは、どんな褒め言葉より嬉《うれ》しいものだった。

そんな慎がいるカウンター席の端。愛がノートを開いている。

「うーん、キャベツ一個で三個のロールキャベツが出来るとして……」などと計算している。どうやら、経理部長としてはロールキャベツの原価計算をしているらしい。

やがて、

「採算はとれそうね」と愛は言った。自分自身でうなずいている。


いま、愛はノートを前にして何か考え事をしているようだ。

「うーん……」とつぶやいた。

「あんた、どうしたの？」

わたしはカウンターの中から、愛に訊いた。

19　きっと天国で喜んでくれている

「うーん、これはマーケティング上の問題なんだけど」と愛がまた難しい事を言いだした。慎も愛の横顔を見ている。

「その……〈白身魚のロールキャベツ〉っていうネーミングが、いまいちな感じだよね。平凡っていうか、インパクトがないっていうか……」と愛。

「そっか……」とわたし。

「確かに春キャベツと白身魚の組み合わせは絶妙なんだけどね……」とつぶやいた。

「そうか、これを春キャベツって言うんだ」と慎が口を開いた。

わたしは、うなずいた。

「でも、このキャベツ、香りが濃くて甘くて夏野菜みたいな感じがするなあ……。よ
「どうしたの？」

く東南アジアで食べた野菜みたいな……」と慎がつぶやいた。

その10秒後だった……。何か考えていた愛が、

「それだ！」と叫んだ。

わたしも慎も、びっくりして愛を見た。

「夏野菜のようなキャベツを使ったロールキャベツ……それが、キーワードだよ」と愛。

ノートに大きな字で、〈サマー・ロール〉と書き、わたしたちに見せた。

3秒後、

「それ、いいかも！」とわたし。

「ああ、いいね。新鮮さがあるネーミングだな。ロールキャベツじゃ、普通の家庭料理みたいだし」と慎が言った。


「お、いいじゃん、いいじゃん」と愛。スマートフォンを見て言った。

慎のブログ〈前向きダイアリー〉。そこに画像がアップされていた。

〈ツボ屋の新メニューは、『サマー・ロール』。また、葉山の町に夏が来る〉

という二行……。そして〈サマー・ロール〉の切り口が写ったきれいな写真……。

「アップしたばかりなのに、〈いいね〉が8万を超えてるよ」と愛。わたしもそのブログを見る。

「すごいね……」とつぶやいた。慎は、取材の準備があるとかで、さっき帰って行ったところだった。

帰り際、店の外、

「取材中、体には気をつけてね」とわたしは言い、慎はゆっくりとうなずいた。わたしの体を一瞬抱きしめ、何かを振り切るように歩き去っていった。

わたしは、その後ろ姿をじっと見つめていた……。

〈かっこよすぎるよ、慎ちゃん〉と胸の中でつぶやいた。それは、人気俳優としてのかっこよさではなく、一人の男としてのものだけれど……。

それにしても慎のブログは、さらに人気になっているようだ。

以前のように人気俳優としてではなく、一人の青年として飾らない言葉で発信している。それがフォロワーの心をつかんでいるのかもしれない。


「え？　もしかして、横浜マーリンズの車？」と野球部員の一人が言った。

土曜日。昼過ぎ。

中間テストが終わった日なので、中学野球部は午後の練習をしていた。

わたしは、そのためのお弁当を、一郎に頼まれて届けたところだった。

そんな弁当を食べ終えた部員たちが、午後の練習をはじめていた。

一台の青いワンボックスカーが、グラウンドのそばに停まった。そのワンボックスには、〈YOKOHAMA《ヨコハマ》 MARLINS《マーリンズ》〉と描かれている。

かって一郎がドラフトで指名され入団した球団だ。

車から、一人の男がおりてきた。

40歳を少し超えたぐらいだろう。武田と同じぐらいの年齢《とし》に見える。長身で、がっしりとした体格。〈マーリンズ〉のジャージを着てキャップをかぶっている。

「球団コーチの有村《ありむら》さんだ」とわたしのそばで武田が言った。

その有村は、こっちへ歩いてくる。「お久しぶり」と言い、武田と固い握手をかわした。


有村は、一郎の方に歩いていく。部員を指導していた一郎も、ほかの部員たちもそれをじっと見ている……。

「元気そうだな、一郎」と有村。

「なんとかね」と一郎。「最近の〈マーリンズ〉は？」

有村は、ちょっと肩をすくめ苦笑い。

「知ってるくせに、嫌なやつだ」と言った。そんな憎まれ口を叩《たた》ける間柄らしい。

「うちは、いまいちというより絶不調だな、セ・リーグでは5位だし」と有村。

「そこで、時間があるなら、お前にちょっと話したい事があるんだが」

「時間？　どうかな……。いま、この子たちに教えてるんでね」と一郎。

「じゃ、いつもうちのチームでやってる一球勝負で決めるのは？」と有村。一郎は、ちょっと考え、「オーケイ」と言った。

「あれは、〈横浜マーリンズ〉でよくやってる半ば遊びらしい」と武田。「バッターとピッチャーが1球だけで対決するんだ」

「空振りしたらピッチャーの勝ち、いい打球を打たれたらバッターの勝ちっていう簡単な勝負さ」とわたしに説明する。

「へえ……。それで？」

「負けた方が、その日の晩飯をおごる」と武田。白い歯を見せた。

「まともなバット、あるかい？」と有村が武田に訊《き》いた。

武田は、近くにあったバットを有村に渡した。そして、

「古いけど、とりあえず、大人用だ」と言った。

有村は、それを握り、軽い素振りを3、4回……。

「彼は6年前にバッターとしては現役を引退したが、それまでは、マーリンズの四番打者だった」武田がわたしの耳元で言った。

「じゃ、この勝負は？」

「さあね……」と武田が言ったときだった。

「キャッチャーやってくれないか」と一郎が武田に言った。

一郎が本気で投げるボールは、中学生には受けられない。武田は、うなずく。キャッチャーミットを手にした。


「遠慮しなくていいぞ、若造」と有村。一郎に言いバットをかまえた。そのかまえが、決まっている。

「わかったよ、じいさん」とピッチャーズ・マウンドの一郎は白い歯を見せた。

中学生部員たちが緊張した顔でその二人を見つめている……。それはそうだ、一郎が本気で投げるのだから……。しかも、相手は元プロ野球の四番打者……。

「じゃいくぜ」と一郎。投球動作に入った。ゆったりとした豪快なフォームで投げた。

ストライクゾーンのど真ん中！　わたしには、そう見えた。

有村が、鋭いフォームでバットを一閃《いっせん》！

カキーン！　と鋭い音が響いた。わたしたちは、思わず上空を見た。けど、ボールは飛んでいない。

ふと見れば、ボールはグラウンドに転がっている。

そして、有村が握っているバットは、真ん中へんで折れて、先の方はグラウンドに転がっている……。


有村、一郎、そして武田の三人は、苦笑いを浮かべている。

「……もう5年もノックに使ってた古いバットだからなあ……」と武田。

野球部員たちは、口を半開き。

「あちゃ、だせー」とつぶやく子もいる。

「まあ、これじゃ引き分けってことだな……」と有村がつぶやいた。


「セ・リーグで5位か……ひどいな」と一郎。ビールのグラスを手につぶやいた。

「来週あたり、リーグの最下位に落ちてるかもしれない」と有村。こちらもグラスを手につぶやいた。午後6時半。うちの店のカウンターだ。

「で、その原因は?」と一郎。

「断言は出来ないが、選手年齢が上がり過ぎた事かな」と有村。一郎がうなずき、

「おれがチームに在籍してた頃から、その気配はあったな」と言った。

「で、その危機をのりきるには?」と一郎。

「簡単だよ。いまいる若手にやる気を出させる事」

「そりゃそうだな。で、何かいい手があるのか?」一郎が訊き、有村がうなずいた。

「そのために、今日、葉山に来たのさ」と言った。

「っていうと?」

「いま考えられる最高の手は、お前さんだ」

「おれ?」

「ああ、そういう事。今年入ってきた20歳《はたち》ぐらいの新人選手は、お前が高校野球で華々《はなばな》しく活躍してた頃、ちょうど中学生選手だった子たちだ」と有村。「つまり、お前に憧《あこが》れてうちに入団したんだ」

「…………」

「そんな新人たちを集めて、来週から10日間ほど、特別キャンプをやろうと思う。一

郎、そこに来てくれないか、頼む」と有村は言い軽く頭を下げた。一郎は、無言……。

やがて、

「グラウンドは？」と訊いた。

「保土ヶ谷《ほどがや》」と有村。それは横浜の南側、保土ヶ谷にあるマーリンズの練習グラウンドだ。葉山からも通える距離だ。

「考えるのに2日くれ」と一郎が言った。有村がうなずいた。

「いい返事を待ってるよ」と言い、少し無言……。そして、

「天国にいるあの桃ちゃんだって……お前がグラウンドを駆ける姿を見たら、きっと喜んでくれると思うよ」

ぽつりと言った。一郎は、表情を変えずにビールのグラスを手にしている。店に、E《エリック》・クラプトンのバラードが流れている。

「へえ、海の中って、こんなギザギザになってるんだ」と愛。

魚群探知機、いわゆる魚探に顔を近づけて言った。

翌日。昼過ぎ。わたしたちは、一郎の小型漁船に乗って森戸の沖にいた。

一郎は、横浜マーリンズの練習に参加する事にしたらしい。

毎朝、魚市場の仕事を終えると、保土ヶ谷にあるグラウンドに行く事になった。

そうなると、午後、小織のムール貝を採るのに付き合えない。どうしようかと話していると、

「船は貸すから海果が操船すればいい」と一郎が言ったのだ。

確かに、わたしは船舶免許を持っているし、漁業権もある。

「なら、問題ないよ」と一郎。

「でも、一郎みたいに上手《うま》くは操船出来ないよ」

「単なる慣れさ」と一郎。「さっそく練習しよう」と言い、船で森戸沖にやってきたのだ。

初夏の陽射しが海面に揺れ、カモメが三羽、空に漂っている。

愛は、船についている魚探に顔を近づけている。

「タコ、映らないかなあ」などと言い、魚探の液晶画面にぺったりと顔をくっつけている。

「あんたねえ、低い鼻がもっと低くなっちゃうわよ」わたしは笑いながら言った。

そのとき、

「じゃ、海果、舵《かじ》をかわって」と一郎が言った。

ゆっくりと森戸沖を走る船。わたしは、かなり緊張して舵を握った。

それでも、わたしが舵輪を握ると、小船は少しふらつく。

「そんなに緊張しちゃ、ダメだ」

と耳元で一郎の声が聞えた。そして、舵を握っているわたしの手に、そっと一郎の手が添えられた。

心臓の鼓動が速くなったのが、自分でもわかる……。

20　近道は、ない

「じゃ、あのブイに横づけしてみようか」

と一郎が言った。30メートルほど先に、一個のブイが浮いている。

バレーボールぐらいの大きさで、オレンジ色。たぶん漁師のものだ。

わたしは、うなずいた。

緊張しながらも、船のギアを〈前進〉に入れた。海中のプロペラが回り、船は前進しはじめた。

「もう少し左に切って」と一郎の声が耳元で聞こえる。

わたしは舵を少し左に切る。その手には、一郎の手がさりげなくそえられている。

船が車とまったく違うのは、ブレーキがない事だ。なので、停めたいときは、プロペラを逆転させる事になる。

ブイまであと10メートル……。一郎が、

「後進《アスターン》！」と落ち着いた声で言った。

わたしは、船のクラッチを後進に入れた。プロペラが逆転しはじめ、船のスピードは落ちていく。

あと5メートル、4メートル、3メートル、2メートル……。

ちょうど浮いているブイのそばで停まった。一郎は、陽灼《ひや》けした顔から真っ白い歯を見せた。

「やれば出来るじゃないか」と言った。

わたしは、ちょっと照れた。


3日後。昼下がり。

「あの……」とお客。テーブルでメニューを広げ、

「〈サマー・ロール〉ってこのメニュー、慎ちゃんが考えたんですか？」と訊《き》いた。

慎ちゃんファンのお客らしかった。

「もちろん！」と愛。「慎ちゃんが、広いキャベツ畑を歩いてるときに考えついたメニューなの」と言った。

「ほら、ビートルズの曲で〈ストロベリー・フィールズ・フォエバー〉ってあるでしょう。慎ちゃん、あの曲を口ずさみながらキャベツ畑を歩いていて、このメニューを考えついたんだって」

と愛は言った。とっさに思いついたにしては、なかなか洒落《しゃれ》ている。〈キャベツ畑よ永遠に〉か……。

二人連れの女性客は笑顔になり、

「じゃ、それを」とオーダーした。

「サマー・ロール、二人前！」と愛。

わたしは、半ば苦笑いしながらカウンターの中で仕事をはじめる。


「さすが慎ちゃん効果！」と愛。レジのお金を数えている。

ランチタイムのお客が帰っていったところだ。

確かに、慎ちゃんがブログで〈サマー・ロール〉を紹介してくれた効果は大きい。

お客の中には、〈サマー・ロール〉だけでなく、ムール貝やサラダをオーダーしてくれる人も多い。愛が、嬉《うれ》しそうにランチタイムの売り上げを計算している。

午後3時。もう、ランチタイムのお客はいない。

小織が小学校から帰ってきた。

この子のウエットスーツは、うちに置いてある。小織はさっそくそれを身につけた。

お店のドアには〈準備中〉のプレートを出し、わたしたちは港に向かった。

一郎の小船は、岸壁に舫《もや》ってある。

彼は、今日から〈横浜マーリンズ〉の特別キャンプに参加している。わたしたちは、船に乗り込む。一郎から預かっているキーをひねり、わたしはエンジンをかけた。

舫いロープを解《ほど》き、ギアを入れ、ゆっくりと離岸していく……。港を出て、沖に向かう……。


「初日にしてはまずまずかな……」と愛。ポリバケツに入っているムール貝を見た。

夕方の5時半。漁を終えて、店に帰ってきたところだった。ポリバケツには、そこのムール貝が入っている。

潜ってそれを採ってきた小織は、シャワーを浴び、ウエットスーツを干している。

するとドアが開き、お客が入ってきた。若い女性の三人連れだ。どうやら東京か横浜から来たらしい。

「いらっしゃい！」店に愛の声が響いた。

そのお客は、サマー・ロール、ムール貝のワイン蒸し、そしてタンポポのサラダまでオーダーしてくれた。閑古鳥が鳴いていたツボ屋に、活気が戻りはじめていた。


「あ、キャベツ、頼まなきゃ」と愛が言った。そうだ……。食器を洗いながら、わたしはうなずいた。このところ、お客が増えてきた。サマー・ロールのためのキャベツが足りなくなる。わたしは、さっそく〈サワダ農園〉に電話をかけた。すぐに、

「あ、海果ちゃん」とおばさんが言った。

「キャベツね、わかったわ」とおばさん。「明日、ちょうど葉山に行くから持っていくね」


翌日。昼過ぎ。〈サワダ農園〉の軽トラが、うちの前に停まった。

おじさんが、荷台から段ボール箱をおろしてきた。

「お待たせ」と言って店に運びこんでくれた。中には、キャベツがたっぷり入ってい

る。

店の外に駐《と》まった軽トラには、もう近所の奥さんたちが集まっている。いつものように……。

お客の中には、サーファーっぽい男の子までいる。

〈サワダ農園〉のおばさんが、そんなお客たちに、ていねいに野菜を売っている。

わたしは、店のレジでおじさんにキャベツの代金を払った。相変わらずかなり安い。

「アイスコーヒーでもどう？」と言うと、おじさんは「ありがとう」と言って微笑した。

15分後、

「すごく美味《おい》しかったです」という声。少し前、店にきて食事をしていたカップル客の男性だった。

テーブル席でサマー・ロールを食べ終えたところだった。彼はレジで代金を払いながら、

「こんな甘いキャベツ、初めて食べました。くせになりそう……。また来ます」と言ってくれた。彼女の肩を抱き店を出ていく。

カウンター席でアイスコーヒーを飲んでいるおじさん、その表情がほんの少しほこ

ろんだように感じられた……。

「一つだけ訊いていい？」とわたし。

「ん？」とおじさん。

「単純な質問だけど、〈サワダ農園〉のキャベツは、どうしてあんなに甘くて柔らかいの？　以前から知りたかったんだけど……」わたしは言った。

「まあ、それは企業秘密だから、教えられないなあ……」とおじさん。すぐに苦笑いし、

「というのは冗談で、タネもシカケもないよ」と言った。

「いい野菜を育てるって事は、いい土を育てるって事なんだ。当たり前だけど……」

おじさんはアイスコーヒーに口をつけた。

「……いい土を育てるって？」

「まあ、本気で説明しようとしたら、ひと晩かかるな」おじさんは言い、また苦笑い。

「それは冗談にしても、ひと口で説明できる事じゃないな……」

「大変な苦労？」

「まあ、わしらはあせらず、ひたすら地道にやってきたけど、いい土を育てるのに30

年はかかったな……」

「30年……」わたしは、思わずつぶやいた。

「その間にも、近くで野菜づくりをはじめた連中もいた。促成栽培《そくせいさいばい》とかいろいろな手を使ってね」

わたしは、うなずいた。三浦半島は全国でも平均気温が高い方なので、促成栽培などをやろうとする人も多いと思えた。

「で？」

「ほとんどが上手《うま》くいかなかったよ。4、5年促成栽培をやってみて、結局はやめていった……」おじさんは苦笑し、アイスコーヒーを飲み干した。

「結局、近道はないって事かな……」

飲み干したアイスコーヒーのグラスをカウンターに置き、

「ごちそうさま」と言って微笑した。そのとき、わたしは、はっとしていた。

いまおじさんが口にした、

〈近道は、ない〉

その一言が、わたしの心の奥にしみこんでいくのがわかる……。

何事にも、近道はない……。

きっと、いや、間違いなくそうなのだろう。

わたしは、店を出ていくおじさんの白髪頭を見つめていた。

窓から入る初夏の陽射しが、カウンターのグラスに光っている。溶けた氷が、チリンと音をたてた。


「あ、一郎の練習も、今日で終わりだね」

と愛が漁船の船べりに腰かけて言った。わたしも、うなずいた。

このところ、一郎は〈横浜マーリンズ〉の特別キャンプにコーチ役で行っている。早朝、魚市場の仕事が終わると、保土ヶ谷にあるグラウンドに通っている。帰って来るのは、いつも夕方らしい。

そんな事が10日続いていた。けれど、それも今日までの予定だ。今日は、早めに帰ってくるかもしれない。

やがて、潜ってムール貝を採っていた小織が、海面に顔を出した。手には三個ほどの貝……。

わたしは時計を見た。午後の4時40分。

「今日は、これぐらいにしておこうか」わたしは言った。

小織もうなずく。わたしと愛が手を貸して、小織を船に上げた。採ってきたムール貝をポリバケツに入れた。

森戸の沖から、港に戻る。そのために、わたしは船のクラッチを入れようとした。

そのときだった。

プスッという音がしてエンジンが止まってしまった。

え？

わたしは、思わずつぶやいた。さっきまで何事もなくかかっていたエンジンが、突然止まってしまった。

21　もし、わたしが死んだら

もう一度、キーをひねってみる。
けれど、エンジンはうんともすんともいわない。一瞬、頭の中が真っ白になる。
落ち着け……と自分に言いきかせる。操船席のメーターを見る。
冷却水の温度は正常。
オイルの量も正常。
プロペラに何かがからんだ様子もない。
じゃ、なぜ……。わたしはもう一度、メーター類を見ていく。
そして、心臓が止まりそうになった。
燃料計の針が、ゼロをさしている！
燃料がゼロ。ガス欠になってしまったのだ！

一郎から、操船のコツは教わった。海に出る前に、水やオイルのチェックなどをする事も教わった。けれど、燃料計を見るのを怠っていたのだ。

この10日間、港から森戸の沖に走った。そのたびに、燃料は減っていく。しかも、この船は小型漁船なので燃料タンクも大きくはないはずだ。

それが、空に……。

馬鹿！　馬鹿！　馬鹿！

自分をののしる。けど、そんな場合じゃない。

船は潮と風に流されて、森戸の磯からもう100メートル以上離れてしまっている。

完全に漂流しはじめていた。

しかも、天候が急変するのを肌に感じる。

さっきまで薄陽が射していたのに、空も海もグレーに変わっていた。冷たい風が、海面を吹きはじめていた。

急速に発達した寒冷前線が通過する……。そんな前兆だった。

愛も小織も、不安な表情……。

そのときだった。50メートルぐらい離れたところを、一艘《そう》のプレジャー・ボートが左から右に走っていくのが見えた。

わたしは、両手を上下に振った。

それは、船舶用語で〈メイデー！〉。つまり緊急時の遭難信号だ。

けれど、プレジャー・ボートを走らせている人は、笑顔で手を振り走り去った。

遭難信号の意味をまるでわかっていない。わたしは肩を落とした。


海の上は、完全に様相が変わっていた。

かなり強い風が吹き、白波が立ちはじめていた。すごく小さな漁師の伝馬船《てんません》が、そんな白波の間をぬい、港に逃げ帰っていく。

うちの船は、どんどん流されていく……。

港に連絡しなければ。

わたしは、船の無線機をとった。スイッチを入れようとした。けれど、ダメだ。エンジンが止まっているので、電源が入らない。


どうしよう……。このまま相模湾の沖に漂流していったら、助かる見込みはまずない。

わたしは、子供の頃から、そうして命を落とした漁師を見てきている。

そうしている間にも、白波はどんどん大きくなっていく。

船の揺れは、大きくなっていく。船に当たった冷たい飛沫《しぶき》が、わたしたちに降りかかる。

その海水は、かなり冷たかった。

愛も小織も、顔が引き攣《つ》っている。

また白波が船に体当たりして、船がぐらりと揺れた。小織の軽い体が船底に転がった。

わたしは、はっとした。こういう時、最悪の事態は落水だ。

この荒れた海に落ちたら、まず助からない。

わたしは、船を岸壁に舫《もや》うためのロープをつかんだ。

まず、小織のウエストにロープを結んだ。

次に愛のウエストにもロープを結ぶ。

そのロープの最後は、わたし自身のウエストに結ぶ。

これで、誰か一人だけが落水する危険は避けられる。


あたりは、もう薄暗くなりはじめていた。江の島の灯台が点滅しはじめた。10秒に1回のその点滅さえ、波飛沫にさえぎられてよく見えない。

いま、どの方向に流されているのだろう。

わたしは、体を起こしてみた。見れば、流されていく方向に、何かが見えた。

目をこらすと、それが定置網だとわかった。漁協の定置網が、幅200メートルぐらい、海面に広がっている。

定置網の周囲は、ごつく太いロープ。米俵《こめだわら》のような大きさのブイを、そのロープが数珠《じゅず》つなぎにしている。

もしかして……。わたしの中にかすかな希望。船が漂流していき、あの定置網に引っかかってくれれば……。

わたしは祈った。

白波に叩《たた》かれながら、船は流れていく……。定置網の方向に漂流していく……。

あと50メートル、30メートル、20メートル、10メートル……。

やがて、ゴツンという衝撃。

米俵のようなブイに、船の横腹がぶつかったのだ。

わたしは、体を起こしてみた。

いま船は、がっしりとした定置網に押しつけられるような格好で止まっていた。定置網に引っかかっているともいえる。

心の中に、かすかな希望……。

この定置網に引っかかっていれば、広い海を漂流して遭難することは避けられる。


けれど、つぎに襲ってきたのは寒さだった。

いまは5月末だけど、水温は4月のものだ。

冷たい波飛沫が、船の上に叩きつけてくる。

わたしたちは、身を寄せ合っていた。

ウエットスーツを身につけている小織が、一番体温を奪われづらい。

それでも、小織の顔は蒼白《そうはく》だ。もともと芯《しん》が強い子なのだろう。唇をきつく結んで耐えている。

愛の体をわたしは抱きしめていた。三人の中で愛は一番薄着だ。Tシャツにショートパンツだ。びしょ濡《ぬ》れの体を、わたしは抱きしめていた。

愛の体は、小刻みに震えている。やがて、

「わたしたち、死んじゃうの？」と愛が震える小声で言った。

「そんな事ないよ。すぐに救助がくるよ」わたしは言った。

もちろん、なかば気休めなのだけど……。

わたし自身の体温も落ちてきていた。愛の体を抱きしめる力が落ちているのがわかる。


「ねえ、海果……」愛が弱々しい声で言った。

わたしは、蒼《あお》ざめている愛の横顔を見た。

「何？」

「あの……もし、わたしが死んだら、お母さんをよろしくね」と愛が言った。

「バカ！」とわたし。

「ビスケットの缶に、1万3千円入ってるから、それをお母さんの入院費のたしにして……」と愛。

「バカな事言ってるんじゃないの！」わたしは、愛の肩をゆすって言った。

やがて愛が泣きはじめた。全身で泣きじゃくりながら、

「でも、やっぱり死にたくない……。もう一度、ロースト・ビーフ食べたかった……」と言った。わたしは、愛の体をゆすり、

「大丈夫だよ！」と叫んだ。

そのときだった。船底で体を丸めていた小織が、

「あ……」とつぶやいた。船底に何か響くのが聞こえたのだろうか。

わたしも船底に耳を押しつけた。すると、かすかに低い音が聞こえた。

それは、ディーゼル・エンジンの太い振動音だった。


わたしは、体を起こした。

100メートルほど先に、船のサーチライトが見えた！

そこそこの大きさがある漁船のサーチライト。

わたしは、揺れる船の上で、なんとか立ち上がった。

操船席のわきに、手動の汽笛《ホーン》がある。そのホーンに手をのばした。

思い切りホーンを鳴らす。1回！　2回！　3回！

すると、中型漁船のサーチライトの向きが変わった。

サーチライトがこっちを照らした。眩《まぶ》しい光が、うちの船と近くの海面を照らす。

薄暗い中に、中型漁船のシルエットが見えた。六、七人は乗れる漁船。それが、こっちに向きを変えた。

ぐんぐん近づいてくる……。あっちの船の上で叫び声がした。

「スピード落とせ！　ロープ用意！」

それは、一郎の声だった。

やがて、中型漁船は、こちらの船に横づけになった。同時に、ロープをつかんだ一郎が飛び移ってきた。

「大丈夫か!?」と一郎。

わたしは、びしょ濡れのままうなずいた。

向こうの船には、若い漁協員が四人乗っていた。その一人も、ロープを手にしてこっちに乗り移ってきた。

「この子から！」と一郎。

体をつないでいたロープを手際よくほどき、一番体の小さい小織を抱き上げた。男たちが三人がかりで、向こうの船に小織を移す。

次は愛だ。びしょ濡れの愛を、やはり三人がかりで向こうの船に移した。

「立てるか？」一郎が、わたしに訊《き》いた。わたしは、ふらつきながらも自分の足で向こうの船に乗り移った。

そうしている間にも、小型漁船と中型漁船は太いロープで結ばれる。

さすがに若い漁協員。テキパキとして素早く力強い。

そして、二艘《そう》の船はゆっくりと定置網を離れる……。

漁協員が、小織と愛の体に毛布をかける。ポットに入ったものを何か飲ませている。

やがてわたしにもポットが回ってきた。それは熱いお茶だった。体にしみる……。

「詳しい事はゆっくり聞くよ」と一郎。わたしの肩を抱き、

「とにかく無事でよかった」と言った。

「なんで、定置網に引っかかってるとわかったの？」

「吉田《よしだ》丸の爺《じい》さんが沖から逃げ帰って来るとき、この船が流されてるのを見かけたんだ。あの方向だと定置網に引っかかるんじゃないかと教えてくれたのさ」

と一郎。

そっか……。わたしは、うなずいた。白波の中を逃げ帰っていく小型の伝馬船《てんません》が、漂流しているわたしたちを見てくれていたのだ。

わたしの体から、力が抜ける。一郎の肩に体をあずけた。何か言おうとする前に、

「礼はいい。とにかく良かった」一郎が言った。

二艘の船は、ゆっくりと陸に向かう。

港の明かりが少しずつ近づいてくる……。

22　ビシソワーズは手抜きでも

港の岸壁には、若い漁協員たちが七、八人待機していた。
船が岸壁に着くと、まず小柄な小織を岸壁に上げた。
そして次は愛を岸壁に上げる。
わたしは、漁協員の手を借りながらも、なんとか自分で岸壁に上がった。
一郎が指示して、漁協員たちがテキパキと動いていた。
毛布にくるまった小織も愛も、かなり元気になってきているようだ。〈助かった〉
という実感が、そうさせているのだろう。
漁協員二人が小織を軽トラに乗せた。
「とにかく、休んで」わたしは小織に言った。彼女がうなずく。
びしょ濡れで、唇は震えているけれど、しっかりとした視線でわたしを見た。

やがて、小織を乗せた軽トラは、彼女の家に向かう……。走り去るトラックを見送って、わたしは大きく息を吐いた。

力が抜け、よろけそうになったわたしの体を、一郎がささえてくれた。

　

その30分後。

わたしと愛は、ツボ屋の風呂場《ふろば》にいた。

ぺしゃっという音がして、愛のTシャツが床に落ちた。

べちゃっという音がして、わたしのショートパンツが床に落ちた。

温かいシャワーは、すでに全開にしてある。

そんな風呂場で、わたしと愛は、服を脱ぎ捨てていた。濡《ぬ》れた冷たい服を、1秒でも早く脱ぎ捨てたかった。

なんとか愛が、全部脱ぎ捨てた。けれど、裸になったとたんよろけて尻《しり》もちをついてしまった。わたしは尻もちをついている愛の頭から温かいシャワーをかけてあげた。

「ああ……」と愛が小声でつぶやいた。

「あったかい？」と訊くと小さな頭がうなずいた。

本当はていねいに体の潮気を落としたかった。けど、そんな場合じゃない。

柔らかい愛の髪にひたすら温かいシャワーをかけてあげる……。髪の間から、海藻の切れっぱしが流れ出て床に落ちた。

1時間前、荒れる海で波飛沫《なみしぶき》にさらされていた事を実感する……。

やがて、わたしも全身に温かいシャワーを浴びた。

愛と、風呂場から脱衣所に出る。愛の体と髪をバスタオルで拭《ふ》いてやる。夏物のパジャマを着せた。

まだふらついている愛を二階に連れていき、ベッドに寝かせた。

「……ありがとう……」と小声で愛が言った。


「あそこまでドジな自分が嫌になるわ……」わたしは、言った。

一郎は、カウンター席でバーボンのオン・ザ・ロックを飲んでいる。

「あんまり自分を責めるなよ」と言い苦笑い。「プロの漁師だって、ガス欠になる事はあるさ」と言った。

海で思わぬ速い潮に流されて、港に戻る途中でガス欠になったりするのは、ときどきあるという。

「とにかく、助けにきてくれなかったら、どうなってたか……」わたしは熱いコーヒーに口をつけた。

「おれが葉山に帰ってきたとき、もう雲行きがあやしかった」と一郎。

港の岸壁に船が戻っていないので、まずいなと思ったという。

そうしているうちに、海はどんどん荒れていく。

「そしたら、吉田丸の爺さんが沖から逃げ帰ってきたんだ」その吉田丸の漁師さんが、わたしたちの事を教えてくれて、

「すぐに漁協員たちと船を手配したんだ。まあ、そんな事さ」と事もなげに一郎は言った。バーボンをひと口……。

そのとき、二階からくしゃみが聞こえた。もちろん、愛だ。家が安普請《やすぶしん》なので、寝ている愛のくしゃみが続けて聞こえた。

「あいつ、風邪引かなきゃいいけど」

一郎が言った。わたしも、それが気になっていた。

愛は、もともと体の丈夫な子ではない。あれだけ寒い思いをしたら、風邪を引いてもおかしくない。

わたしは、二階に見に行った。愛は、ベッドですでに咳《せき》をしている。頬が赤みをさしている。愛のおでこに手を当ててみる。熱がありそうだ。

体温計を愛の腋《わき》の下にはさみ、測った。38・4度ある。

家の救急箱を開ける。まずい事に、風邪薬はない。

それでも、わたしはあきらめずに薬箱の中をひっかき回した。

すると、小さなカプセルが見つかった。

それは猫のサバティーニのためのものだった。

あれは、半年ぐらい前。雪でも降りそうな寒い日。猫のサバティーニがくしゃみをしはじめた。

どうやら、風邪をひいたらしい。わたしは、近くの獣医師、中沢《なかざわ》先生に電話した。

先生は、すぐに来てくれ、サバティーニを診てくれた。

熱を測ると、猫の平均体温より1度ほど高い。

「解熱剤、解熱剤……」と先生はつぶやき、小さめの坐薬《ざやく》を出した。

「これは、人間の小児用だけど、たぶん大丈夫だ」と言った。

先生によると、こうだ。

犬や猫のために開発された薬というのは、意外なほど少ないという。人間用の薬に比べて、売れる数が圧倒的に少ないかららしい……。

「だから、ときには人間用の薬で代用するんだけどね」と先生。

「しかも、犬や猫は、なかなか上手《うま》く口から薬を飲んでくれないからね……」と言い、小児用の坐薬を、手際よくサバティーニのお尻から入れた。

「これで熱は下がると思うけど」と先生。翌日が休診日なので、坐薬を一個、置いていってくれた。

サバティーニの熱は、翌朝には下がって元気になった。二個目の坐薬は使わずにすんだのだ。それが、薬箱の隅にあった。

わたしは、その坐薬を手にとってみた。

〈0歳～3歳の小児用〉とパッケージに印刷されている。

「小児用なら、大丈夫か……」とつぶやき、うつらうつらしている愛を起こす。

「ほら、解熱剤だよ」と言った。わたしが持っているそれを見て、

「これって……」と愛。

「坐薬。この前、サバティーニのお尻に入れたじゃない」とわたし。

「え……これ、誰のお尻に？」と愛。

「誰って、あんたのお尻に決まってるじゃない。自分で入れられなきゃ、入れてあげようか」

「ひゃ！　こっ恥ずかしい！」と愛。

「じゃ、自分で入れて」わたしは、坐薬を渡した。愛は、ベッドから出る。少しふらつきながらトイレに入っていった。

しばらくして出てくると、またベッドに倒れ込んだ。坐薬は、なんとか無事に入ったらしい。

わたしは、愛の頭を冷やすためのアイスノンの準備をする。


その夜、わたしは2時間おきぐらいに愛の様子をみていた。咳はしているけど、熱は確かに下がっていくようだ。

ときどき起こして、スポーツドリンクを飲ませる……。サバティーニが何か気配を感じたのか、心配そうな様子で愛のすぐそばで寝ている。


わたし自身もウトウトして目覚めると、午前9時。カーテンの向こうから薄陽が射している。寒冷前線は通り過ぎたらしい。

愛は、口を少し開いて眠っている。腋の下に体温計を入れて測ると、36・7度まで熱が下がっていた。

どうやら解熱剤は効いたらしい。わたしはひと安心し、サバティーニの朝ご飯を用意する。

午前11時過ぎ。中沢先生に電話した。昨夜やってしまった事を話した。

サバティーニ用の坐薬を愛に……と……。

「まあ、本来人間の小児用なわけだから問題ないけど、熱が下がって何より」と先生。

「水分だけじゃなく、少しずつ栄養のあるものもあげないとね」と言ってくれた。


冷蔵庫を開けてみた。

たいしたものはない。〈サワダ農園〉から買ったジャガイモと玉ネギがあったので、ビシソワーズを作る事にした。冷たいスープなら、まだ少し熱がある愛でも飲むだろう。

ジャガイモと玉ネギを薄く切る。鍋《なべ》にバターをひく。

ジャガイモ、玉ネギを鍋で炒《いた》める。柔らかくなってきたら、水とコンソメを加え、さらに火を通す。

それをミキサーに入れ攪拌《かくはん》する。

クリーム状になったら鍋に戻し、弱火で10分以上煮込む……。

しばらくすると、いい香りが漂いはじめた。最後に、塩とコショウで軽く味つけをした。

そろそろいいかとつぶやいた……。かなり手抜きではあるけど……。

わたしは、鍋を火からおろした。粗熱《あらねつ》をとるために、鍋を調理台に置いた。


愛の具合が気になったので、二階に行ってみた。

愛は、口を少し開いて寝ていた。大丈夫そうだ。部屋を出ようとして、わたしはふと立ち止まった。愛の枕元にある缶……。ビスケットの空き缶だった。それを手にとってみた。

あの海で遭難しそうになった時の事だ。愛は、わたしに言った。

〈もし、わたしが死んだら、お母さんをよろしくね〉

そして、

〈ビスケットの缶に、1万3千円入ってるから、それをお母さんの入院費のたしにして……〉と言った。

わたしは、ビスケットの缶をそっと開けてみた。

中には、確かに、1万円札が一枚と千円札が三枚入っていた……。それが、愛のいまの全財産なのかもしれない。

わたしは、そのお金をじっと見た……。

自分の命さえ危ないときに、入院しているお母さんの事を……。

わたしの目頭は熱くなってきた。缶の中のお金がにじみはじめた。

わたしは缶の蓋《ふた》を閉じ、枕元に戻した。

愛の額にそっと手を置いた。まだ少し熱っぽい額に手を置く。愛は、ほんの少し口を開いて寝ている。

〈あんた、ほんとにいい子だね……〉と心の中でつぶやいた。

わたしの頰をつたった涙が、愛の枕元に一粒、二粒、落ちていく。窓の外からは、森戸海岸のさざ波が、かすかに聞こえていた。

23　マルシェという夢を見た

「これって？」愛が、ベッドに体を起こして訊《き》いた。

わたしは、器に入ったビシソワーズを持っていったところだった。粗熱《あらねつ》をとったあと、冷蔵庫に入れ2時間ほど冷やしたものだ。

「ジャガイモと玉ネギの冷たいスープ」わたしは言った。

愛は、ちょっと不思議そうな表情でスプーンを手にした。そして、ひと口……。ふた口……。

やがて宙を眺め、

「こんな美味《おい》しいスープ、生まれて初めてだ……」とつぶやいた。

わたしも、すでに味見をしたけど、手抜きにしては、なかなかだと思った。たぶん、サワダ農園のジャガイモや玉ネギの質がいいので、味が濃いのだろう。

愛は、かなりな勢いでスプーンを動かしている。お腹がすいていたらしい。そのとき、店のドアが開いた音がした。わたしは、一階におりていく。

耕平が、ドアのところにいた。

「愛のお見舞いね？」

「あいつの具合は？」

「まだ少し熱があるけど、大丈夫だと思う」わたしは言った。耕平は、うなずいた。

「あの、これ……」と言い、ビニール袋を差し出した。

「愛に？」訊くとうなずいた。

「ビワ。庭の隅になってて」と耕平。それだけをぼそっと言い、ビワの入った袋をわたしに差し出した。

「ありがとう。会っていく？」

「……いいよ。これから、収穫の準備もあるし」

「収穫？　トマトの？」

「うん、そろそろ熟しはじめてるから」と耕平。「じゃ」と言い帰っていった。

わたしは、もらったビワを冷蔵庫に入れた。二階に上がる。

愛は、ビシソワーズを飲み終えて、また眠っていた。その唇の端にスープがついている。

この子は、口が達者なわりに、ものを飲み食いするのが本当に下手だ。わたしは苦笑い。ティッシュペーパーで、口についたスープを拭《ふ》いてやる……。

愛がうっすらと目を開いて、「美味《うま》かった……」とつぶやいた。


夕方の5時半。店のドアが開き、愛の担任のマッちゃんが入ってきた。学校の帰りらしい。

「おお、海果。愛の具合は？」

「ああ、熱も下がって」とわたしは言った。さっき測ったら36・5度だった。

「心配かけちゃって……」わたしは麦茶を出した。それにしても、担任とはいえ、風邪の生徒の見舞いとは……。そんなわたしの表情に気づいたのか、

「あの子の事は、ちょっと気になっててね。去年の担任だった武田先生から、親御《おやご》さんの事を聞いてるし……」とマッちゃんは言った。

愛のお父さんは、経営していた会社の借金をかかえて、いま行方不明。お母さんは、悪性リンパ腫《しゅ》という病気でずっと入院中。その事は、聞いているという。

「お、三浦野菜だね」とマッちゃん。店の隅には、サワダ農園の段ボール箱がある。キャベツがたくさん入っている。

そうだ……。

「ロールキャベツ、どう?」わたしはマッちゃんに言った。せっかく愛の見舞いに来てくれたのだから……。

「あ、いいね。ちょうどお腹もすいてきたところだし。ごちそうになるわ」とマッちゃん。わたしはうなずく。カウンターの中で仕事をはじめた。


「こりゃ、美味しい」マッちゃんが、うなるように言った。白身魚のロールキャベツ、〈サマー・ロール〉を口に運んだところだった。

マッちゃんは、しばらく食べていて、顔を上げた。

「海果さ、あんた勉強はあんまりできなかったけど、これだけ料理ができれば大丈夫だよ」

と言った。わたしは苦笑い。何が大丈夫なのか……。

褒められてるような、けなされてるような……。

「持ち帰り?」わたしは訊き返した。マッちゃんが、〈サマー・ロール〉を二人分持ち帰りたいという。

「ぜんぜんいいけど、家族へ?」とわたし。マッちゃんは、うなずき、

「ダンナと息子」と言った。少し意外だった。わたしが中学に通っていた頃から、マッちゃんの家族については、聞いた事がなかった……。独身かなとも思っていた。

わたしは、また仕事をはじめた。マッちゃんと、何気ない話をしながら……。

「ダンナさんとは、どこで?」

「ああ、秋谷《あきや》の中学で教えてたとき知り合ってね」マッちゃんが、さらりと言った。

秋谷は、葉山の少し南だ。

「ダンナさんも先生?」

「そう、音楽の先生。まあ職場結婚だね」とマッちゃん。マッちゃんは、ごく気軽な口調でそんな話をしている。わたしは、持ち帰り用の〈サマー・ロール〉を作っている。そのとき、二階から愛の咳《せき》が聞こえた。

「無理させないで、もう1日ぐらいは休ませたら?」マッちゃんが言い、

「そのつもり」とわたしはうなずいた。

「そっか……。あのトマト、もう収穫が近いんだ……」

と愛。耕平が差し入れてくれたビワの皮をむきながらつぶやいた。夜の9時。愛はだいぶ元気になってきていた。

「なんか、嬉《うれ》しいね。ああやって、みんなで植えたトマトが収穫できるなんて……」

愛はビワを食べながら言った。店のミニ・コンポはFMにチューニングしてある。夏が近づいたせいか、ビーチ・ボーイズが軽快に流れている。

翌日、愛には学校を休ませた。まだ微熱があり、少し体がふらつくようだ。それでも、昼近くになると店におりてきた。冷たいココアを作ってやると、それを飲みながら、

「きのう、いい夢見たんだ……」と言った。

「いい夢？」訊くとうなずいた。

「海果、マルシェって知ってる？」

「マルシェって、市場？」

とわたし。何となくテレビで見た事がある。たとえばヨーロッパの町角。そこで、野菜、果物、魚、パンや花などを並べて売っている市場の映像は見た事はある。

「ああいうマルシェって、最近日本のあちこちでやってるんだって」と愛。「この前、テレビで見たんだ」と言った。

わたしも、なんとなくうなずいた。早い話、いろんな食品を並べた青空市……。

「で、あんたが見た夢って？」と愛に訊いた。

「わたしたちみんなで、マルシェをやってる夢を見たんだ。とりあえず耕平のトマト、それに小織のムール貝とか、ほかにもいろんな物を並べた青空市を、自分たち仲間でやってる夢でさ」と愛。「すごく幸せな気分だった」と言った。


そのとき、ドアが開いた。若い女性二人のお客が入ってきた。どうやら、〈サマー・ロール〉が目当てらしい。

わたしは、カウンターの中で仕事をしながら、ふと考えていた。いま愛が言ったマルシェについて考えていた。

なぜか、少し胸がときめくのを感じていた。

今年、耕平の〈ぶさいくなトマト〉はかなり多く収穫できるだろう。一郎が手伝ってくれれば、小織のムール貝もそこそこ採れるはずだ。そして、魚市場ではじかれた魚介たち……。

そんなものを並べたマルシェ……。想像しただけで楽しそうだ。たとえ、それほどの売り上げにならなくても……。

二人連れのお客が帰ったあとだった。

「本当にマルシェやれるといいね」わたしは言った。愛がうなずき、「問題は、場所だよね」とつぶやいた。

そのときだった。バリバリと、すごい音がした！

そして、安普請のうちが揺れるような振動。

「な……なに……」と愛。

「隣りみたい」わたしは言った。

そのすごい音は、どうやら隣りから聞こえてきたようだ。わたしは、店を出てみた。

うちの店の隣りには、昔ながらの郵便ポストがあり、その向こうは古い別荘だ。

壊れかけたような木の塀があり、雑草の茂る庭がある。あのクリスマスの日、子猫のサバティーニを見つけたのも、この家の庭だった。

いま、その塀が取り壊されていた。小型のショベルカーが、古い木製の塀を壊していた。ヘルメットをかぶった作業員がショベルカーを操作して塀を壊している。

その音と振動だったのだ。

わたしは、ぼさっと、それを眺めていた。

この家は、確か小野《おの》さんという。かなり古ぼけた別荘だけど、ときたま人が来ている様子だった。けれど、塀を完全に壊すという事は、別荘そのものを壊してしまうのだろうか……。

ショベルカーは、相変わらずガンガンと働いている。

30分後。中沢先生が来た。愛の具合を気にしてくれているらしい。愛の熱は、平熱に戻っている。

「もう心配ないね」と中沢先生。わたしが出したコーヒーに口をつけ、

「そういえば、小野さんの別荘、壊しはじめてたね」と言った。

「知り合い？」と訊《き》くと、先生は軽くうなずいた。

「あそこは、大手の証券会社を経営している人の別荘でね」

「証券会社……」

「ああ。その息子さんがいて、私と年齢《とし》が近かったんだ。夏になるとよく別荘に来てたね。一緒に泳いだり、釣りをしたりしたなあ……」

「へえ……」

「でも、わたしたちが大学生ぐらいの年齢になると、彼はほとんど別荘に来なくなっ

てしまった。わたしも獣医師になるための勉強が忙しくなってしまってね……」

と先生。それっきりという事らしい。

「彼が元気なら、また会いたいものだが、お互い年寄りになってしまって相手の事がわかるかどうか……」そう言うと、先生は苦笑した。

24　何を見ても、あの笑顔を思い出す

午後3時。わたしは、隣りの別荘をのぞきに行った。エプロンをかけたまま、店を出て……。

別荘の塀はきれいさっぱりなくなり、目の前に庭が広がっていた。その奥には、二階建ての日本家屋がある。

誰かが、庭の雑草刈りをやっていた。家庭用の電動芝刈り機で草を刈っているのは、かなり年寄りの男の人だった。

彼は、わたしに気づくと芝刈り機を止めた。わたしのエプロン姿を見て、

「……もしかして、ツボ屋さんのお嬢ちゃん？」と言った。わたしはうなずいた。

「そうか……。大きくなったね……」と彼。懐かしそうな目でわたしを見た。

「うちの店に来た事が？」訊くとうなずいた。

「ときどき行ってたよ。最後に行ったのは、15年ぐらい前かな……。茂男さんが作ってくれた魚介のパスタは美味《おい》しかった。4、5歳だった君は、店の奥で遊んでたな……」

彼は目を細めて、わたしを見ている。

「ツボ屋さん、いまは君が？」彼が訊いた。

「なんとか……」わたしは微笑した。

「そうか……。なんなら、今夜行ってもいいかな？　夕食の用意を何もしてなくて」と彼。わたしは、うなずいた。「もちろん」

「海果ちゃんだったよね」と彼。カウンター席につくと、小野《おの》一夫《かずお》と自己紹介した。

わたしのような小娘にも、ちゃんとした言葉遣いをするのには、好感が持てた。

小野さんは、70歳ぐらいだろうか。真っ白い髪を、きっちり七三に分けている。高級そうなチェックのシャツを着ていた。

「あの別荘は、取り壊すとか？」わたしは訊いた。小野さんは、白ワインのグラスを手に、

「いや、そうじゃなくて、しばらくあそこで暮らすつもりなんだ」

「へえ……」

「長年、東京で会社の経営をやってきたんだが、去年、69歳で引退してね。……しばらくは、葉山でのんびりしようかと思って」

と言った。かなり元気になってきた愛も、店の隅でそんな話を聞いている。

小野さんは、ムール貝のワイン蒸しをつまみながら白ワインを飲み、やがて、わたしが作った魚介のパスタを食べる……。「ああ、茂男さんの味だ……」と感慨深げにつぶやいた。

さりげない話をしながら、食後のコーヒーを飲み終えると、

「また、寄らせてもらうよ」

「もちろん、どうぞ」そんなやりとりをし、彼は帰っていった。その後ろ姿が店のドアから消えると、

「ビンゴ！」と愛が言った。

「ビンゴって？」お皿の片付けをしながら、わたしは訊いた。

「マルシェを開く場所だよ、場所」と愛。

「それって？」

「あの隣りの庭！」と愛。「あそこ、マルシェを開くにはドンピシャじゃない」と言った。

わたしは、お皿を洗う手を止めた。

「……確かに……」とつぶやいた。隣りの庭の広さは、ちょっとした市場を開くにはぴったりかもしれない。

「しかも、いまは何かを建てるとかの予定はないみたいだし」と愛。わたしは、うなずいた。

「さっそく、明日、話しに行こう」


翌日。愛は登校して、午後の3時頃に帰ってきた。

わたしと二人で、隣りに行ってみた。

小野さんは、かなり古ぼけた縁側で、お茶を飲んでいた。居間から流れてくるスタンダード・ジャズを聞いていた。

わたしたちは、単刀直入に話を切り出した。庭を青空市場のために貸してくれないかと……。小野さんは穏和な表情で話を聞くと、

「こんなつまらない庭でよかったら、好きなように使ってくれていいよ」と言ってくれた。

愛が、小さな拳《こぶし》を握った。

庭の草はきれいに刈り込まれていた。隅には浜大根《はまだいこん》が小さな紅《あか》い花をつけていて、
その花や葉が潮風に揺れている。

わたしは、そんな別荘を眺めて、ふと思った。

小野さんは、どうやらここで一人暮らしをはじめたようだ。

いま、奥さんや家族はいないのだろうか……。余計なお世話かもしれないけれど、
そんな事をふと思っていた。

「じゃ、マルシェを開くのは、6月16日の日曜で決定！」と愛が言い、わたしはうな
ずいた。それ以上先にすると、梅雨のシーズンに入ってしまうからだ。
愛が耕平にラインを送りはじめた。マルシェをやる連絡だろう。
わたしも、小織にラインを送ってみた。〈具合はどう？〉と……。
〈大丈夫〉と返信がきた。ウエットスーツを着ていたせいで、なんとか風邪をひかな
かったという。

〈じゃ、またムール貝が採れるね〉とわたし。マルシェの事をラインで送りはじめた。

「マルシェ……ようするに朝市か」と一郎。船の舫《もや》いを解《ほど》きながら言った。

「まあ、そういう事なんだけど」わたしは言った。

マルシェは、日曜の朝、9時頃にはじめて売り物がなくなったら終わりにしよう。そんな話を愛としていた。

「それはいいけど、朝市ならムール貝より誰にでも親しみがあるサザエの方が売れるんじゃないか？」と一郎。

わたしはうなずいた。それは言える。そばにいる小織に、

「じゃ、今日はサザエを採ろうか」と言った。ウエットスーツ姿の小織はうなずいたけれど、

「でも、サザエ、採った事ないわ」とつぶやいた。一郎は微笑してうなずく。

「大丈夫、教えるよ」と言った。船のギアを入れ、港から出ていく……。

「この辺だな」と一郎。魚探《ぎょたん》を見ながら船の速度を落とした。森戸の沖。磯の近くで、水深3メートル。

「磯にへばりついてるムール貝と違って、サザエは海藻の間にいるんだ」

一郎は言った。サザエは、海藻を食べて生きている。しかも、海藻の間にいれば見つけられづらい。

「サザエのやつ、けっこう頭脳派でＩＱが高いのかもな。とりあえず、潜ってみて」

と小織に言った。小織はうなずき、水中メガネをつけた。

「潜ったら、まず片手で海底の海藻につかまって自分が潮に流されないようにして、あたりを見回して」と一郎。小織は、うなずく。船べりから海に入った。

午後の海はベタ凪《なぎ》だった。青空に白く湧き上がっている夏雲が、鏡のような水面に映っていた。


20秒ほど潜っていて、小織は上がってきた。片手にサザエを一個握っている。

「オーケイ」一郎が白い歯を見せた。船の上でサザエを受け取る。船底の蓋《ふた》を開けて、生簀《いけす》に入れた。

マルシェは、10日以上先だ。それまで、サザエを生簀で活《い》かしておくのだろう。

ムール貝もサザエも、海水が循環する生簀に入れておけば、いくらでも元気に生きている。

「一度潜ったら、少なくとも3分は休んで」

一郎は船べりにつかまっている小織に言った。小織がうなずく。しばらく呼吸を整え、また潜っていった。


「まずまずだな」と一郎。岸壁に腰かけて言った。

サザエ採りを終えて港に戻ってきたところだった。サザエが二十個ほど。ムール貝も十個ほど採れた。

岸壁に舫った船の上に、小織がいた。生簀の中を覗《のぞ》き込んでいる。後ろで一つに結んだ髪は、まだ濡《ぬ》れている。水滴が、ポタポタと垂れている。

生簀を覗き込んでいるそのあどけない横顔に、夕方の陽が射している。

一郎は、クーラーボックスから出した缶ビールを手に、わたしと並んで岸壁に腰かけていた。

一郎は、ビールをひと口。小織の姿をじっと見ている……。何かを思い出しているような横顔。

わたしが何か口を開く前に、

「……妹の桃も、サザエを採るのが上手だった……」ぽつりと、つぶやいた。

「へえ……」わたしは、一郎の横顔を見ていた。

「桃のやつ、小学三年ぐらいから海に潜るようになって、よくサザエやトコブシを採ってきたよ。両親が忙しかったから、夕方になると、桃と二人でそんなサザエやトコブシを焼いては食べたものだった」

過ぎた日のページをめくるように、一郎はつぶやいた。

「ヘミングウェイの小説、読むか？」ふいに、一郎が口を開いた。

「『老人と海』だけは読んだけど……」とわたし。

一郎が、かなり本を読むのを、わたしは知っていた。将来、大リーグで活躍するときにそなえて、英語の原書もときどき読んでいた事も知っている。

「あのヘミングウェイの作品に『何を見ても何かを思いだす』っていうタイトルのものがあってさ」と一郎。わたしは、微《かす》かにうなずく。少し間を置いて、

「何を見ても桃ちゃんを思い出す？」

思い切って訊《き》いた。一郎は、うなずいた。

「保土ヶ谷の練習グラウンドにいても、よくあそこに応援にきていた桃の笑顔を思い出すんだ」

わたしは、うなずいた。19歳でプロ野球の若手選手になった一郎が、その練習グラウンドでトレーニングしていると、中学生の桃ちゃんがよく応援に来た。小さい頭に

チームの野球帽をかぶって……。その話は、何回か聞いた事がある。

「で……こうして海にいても、桃ちゃんの事を思い出す?」とわたし。

一郎は、缶ビールを手に、また微かにうなずいた。

わたしは、ふと思った。

交通事故で天国に行ってしまった桃ちゃんは、野球選手としての一郎と、海に出ている一郎のどちらがより好きだったのだろう……。

けれど、いまとなってはわからない。

天国の桃ちゃんには、メールもラインもつながらないのだから……。

わたしの胸の中に、E《エリック》・クラプトンの〈Tears in Heaven《ティアーズ・イン・ヘヴン》〉が静かに流れていた。

港の海面が、夏ミカンのような色に染まりはじめている。カモメが三羽、空に漂っている。風が涼しくなりはじめていた。

25　地面に近いほど幸せ

「あんた、何悩んでるの?」わたしは玉ネギを切りながら愛に訊いた。

愛は、店のカウンター席にいた。ノートを広げ何か考えている。

「ほら、マルシェを宣伝するためのチラシを作らなきゃならないでしょう?」

「それもそうだね。で、何かいいアイデアを思いついたの? 宣伝部長」

「うーん」と愛。「まず、ネーミングが問題だよね。〈森戸マルシェ〉じゃ、面白くないし」

「確かに……」わたしはうなずいた。

30分後。「出来た!」と愛。「これでPRはいけるよ」と言った。わたしは手を拭《ふ》き、カウンターから出る。愛のノートを見た。すると、こんな文字が並んでいた。

まず、〈気分はプロヴァンス！〉

そして大きな字で、〈潮風マルシェ〉となっている。

そして、小さめに〈イン・森戸海岸〉

わたしは、それを眺めちょっと苦笑い。

「うちらのマルシェ、どの辺がプロヴァンスなの？」と訊く。

「いいのいいの、言ったもの勝ちだよ」と愛。出た！　愛の得意技〈言ったもの勝ち〉。

愛は、かまわずA４の紙に絵を描いていく。トマト、サザエ、ムール貝、などなど……。

サラサラと描いているけど、なかなか上手《うま》いものだ。マルシェをやる日時や場所の地図も忘れずに入れている。

「じゃ、コンビニでコピーしてくるね」と言い飛び出していった。

●

愛が、コピーしてきたチラシは１００枚。50枚は近所の家のポストに入れる。あとの50枚は、学校で配るという。

わたしたちは、近所の家のポストにチラシを入れはじめた……。電柱にも貼っていく。

やがて、一軒の釣具屋があった。その店のわきにスペースがあり、議員らしい人のポスターが貼ってある。

みれば、神奈川県の県会議員らしい。いま選挙シーズンではないので、いつもそこに貼られているポスターらしかった。

「あ、ここいいね」と愛。そのポスターの上に、マルシェのポスターを貼ってしまった。

ネクタイ姿でわざとらしい笑顔を見せている県会議員。その写真のわきには、〈みんなで、素晴らしい神奈川を！〉というコピーがついている。

その〈素晴らしい神奈川を！〉のところに愛は、チラシを貼りつけた。

その結果、〈みんなで〉〈潮風マルシェ〉という事になってしまった。

「ま、いいか」とわたし。

「いいんじゃない？」と愛。

わたしたちは、チラシ配りを続ける……。


「あ、そうだ。サワダ農園にも連絡しなくちゃ」わたしはつぶやいた。

チラシ配りから帰ってきたところだった。

サワダ農園に電話する。おばさんはすぐに出た。わたしは説明する。

16日に市場をやる事。耕平のところはトマトばかりになりそうだから、サワダ農園に、ほかのいろいろな野菜を並べて欲しい事などなど……。

「もちろん、いいわよ」とおばさん。「じゃ、8時頃に持っていくね」と言ってくれた。


「そういえば……」わたしは、つぶやいた。

マルシェを16日にやる、その事を肝心《かんじん》の小野さんに伝えてなかった。わたしは店を出て、小野さんの庭に入っていった。

小野さんは、縁側にいた。何か、手作業をしている。

見れば、金属の棒を曲げて何か作っているようだ。わたしの顔を見ると笑顔で、「やあ」と言った。わたしは、

「例のマルシェなんだけど、16日の日曜日にやろうと思って」と言った。

小野さんはうなずき、「了解」と言った。そう言いながら、手を動かしている。

何かウドンぐらいの太さの金属を曲げている。金属がステンレスなのかアルミなのか、わたしにはわからないけれど……。

「これ……」とわたしがつぶやくと、小野さんは微笑し、「表札だよ」と言った。

見れば確かに〈Ono《オノ》〉というローマ字。それを一本の金属を曲げて作ろうとしてい

た。工具を使って金属を曲げていく、その動作が慣れていた。

小野さんは、ビールの中瓶からグラスに注ぐ。それに口をつけた。

夕方近い陽射しが、グラスに光っている。

「十代の頃、美術系の大学に行きたくてね……」と小野さん。ぽつりと口を開いた。

「画家になりたかったとか？」とわたし。

「いや、彫刻家になりたかったんだ。彫刻というか、金属を使って作品を作る、そんな造形作家になるのが夢だったんだ」

わたしは胸の中で、〈へえ……〉とつぶやいていた。

「しかし、それは現実的にはとうてい無理な話だった……」と小野さん。微《かす》かに苦笑した。

「父は証券会社のオーナー社長で、わたしは長男というか一人っ子だったからね」

「後継ぎ？」

「まあ、そういう事だね。なれるかどうかもわからない造形作家と、会社の後継ぎという敷かれたレール……。考えるまでもなかったよ」そう言うと、小野さんはまたビールに口をつけた。

部屋の中からは、今日もスタンダード・ジャズが流れていた。

わたしでも知っている〈Fly Me To The Moon《フライ・ミー・トゥ・ザ・ムーン》〉をピアノ・トリオがやっている。

「18歳のあの日、自分の夢のようなものを父に伝える事もなく、私は慶應《けいおう》大学の経済学部を目指したよ」と小野さん。

「勇気がなかったというか、自分の限界がわかっていたというか……あるいは、その両方かな……」とつぶやき苦笑した。わたしは無言でいた。

夢を追いかけること……。

追いかけて追いかけて人生の迷子になること……。

最初から夢などなかったと、無理やりにでも自分に言いきかせること……。

人の生き方は、さまざまだ。

わたしのような小娘が口を出すにはヘビー過ぎる話だった。

完成しかけている〈Ono〉の表札が、黄昏《たそがれ》の陽をうけて光っている。シオカラトンボが一匹、ゆっくりと庭をよぎっていった。部屋からは、ピアノ・トリオの演奏が静かに流れている。


「そういえば」と愛。「売り物を並べる台ってどうするの?」と言った。

「そうか……」とわたし。「やっぱ、台が必要かな……」とつぶやいた。

そのときだった。ラインがきた。取材で東南アジアに行っている慎からだった。

〈どう？　元気？　いまヴェトナム南部の小さな村にいるよ〉と慎。

〈こっちも元気よ〉とわたしは返信した。心配をかけるので、海で遭難しかけた事は言わないでおいた。私は、もうすぐマルシェ、つまり青空市をやる事を伝えた。

〈青空市か……〉と慎。〈こっちでも、よくやってるよ〉

そんな返信のあと、画像が送られてきた。

それは、向こうの市場らしかった。ゴザを敷いたその上に、いろいろな野菜を並べている。野菜のとなりには、見た事もない南洋の果物が並んでいる。褐色の肌をした女性が、それを売っている光景だった。

〈ヴェトナムの人は、野菜をたくさん食べるからね〉と慎。そして、もう一枚、画像がきた。

青空市の隅だろうか、家族のような人たちが、ゴザの上で食事をしていた。

炒《いた》めたご飯のようなものを野菜にくるんで食べている。

両親……そして10歳ぐらいの男の子……もう少し年下の女の子。そんな家族だった。

身なりは貧しげ。敷いているゴザは、手製らしい。食べているものも、どちらかと言えば質素だ。けれど、その家族の笑顔をわたしはじっと見つめていた。彼らの笑顔が、抜けるように明るかったからだ。

〈すごく幸せそうな光景……〉わたしは、ラインを送った。しばらくすると、慎から返信。

〈ヴェトナムには、こんな言葉があってね。『地面に近いほど食事は幸せ』〉

そのラインを、わたしはじっと見つめた……。5分ほど見つめていて、

〈すごい言葉……本当にそうなのかもしれない〉と返信した。

〈そう。それを聞いたときは、軽く鳥肌が立ったものだったよ〉と慎。

〈……わかる……〉とわたしは返信した。深呼吸……。

〈あ、これからロケバスで移動だから、またラインするよ〉と慎。

〈ありがとう。くれぐれも体には気をつけてね〉

〈そっちも、マルシェがうまくいくといいね。じゃ、また〉


「あれは、わたしが小学校三年の夏だった」と愛。

「家族三人で、一色《いっしき》の砂浜に行ったんだ。コンビニで買ったノリ弁当を持って……」

「へえ……」

「わたしは水着で泳いで、お父さんは珍しく昼間からビールを飲んで……」愛は、そ

の日を思い出す表情……。

「どうって事のないノリ弁当だったけど、すごく美味《おい》しかった」

とつぶやいた。つとめて感情的にならないように……。そんな口調で愛はつぶやいた。自分たちの家族が幸せだった日。いまは取り戻せない日の思い出だけに……。

「慎からのライン通りだね。地面に近いほど幸せ……」わたしは言い、愛がうなずいた。

「ほら、わたしたちビンボー食堂がやるマルシェなんだから、気取っても仕方ないかもね」と言った。

わたしは、慎からきたヴェトナムの画像をまた見る。

「うちらも、ゴザを敷いてやるか」と言った。砂浜に敷くためのゴザなら、確か物置きにたくさんある。小野さんの庭は、雑草がきれいに刈り込まれている。

「あそこにゴザを敷けばいいんだ」わたしが言い、愛も大きくうなずいた。


マルシェの当日は、快晴だった。

「日頃の心がけだね」などと愛が言い、準備をはじめた。

うちの物置きには、古いゴザが八枚あった。それを小野さんの庭に持っていき、敷きつめた。

最初にきたのは、サワダ農園だった。軽トラに野菜を積んでいる。キャベツ、レタス、ニンジン、アスパラガスなどなど……。

そんな野菜が入った段ボール箱をおろし、ゴザの上に並べた。

「じゃ、売るのはまかせるから」とおじさんたち。軽トラで戻っていった。

つぎにきたのは、一郎と漁協の人だった。白い発泡スチロールの箱、通称〈トロ箱〉を運んできた。

トロ箱には砕いた氷が敷きつめてあり、小織が採ったサザエやムール貝がその上にぎっしりと並んでいる。

そんな準備の最中だった。小野さんが、何かを持ってわたしたちの方にやってきた。

26　夢の名残りは、それでも美しく

小野さんが持ってきたのは、椅子と板だった。

かなり古ぼけた木造りの椅子。それを庭の入り口に置いた。そして、一枚の板をその椅子にのせた。

ベニヤのような薄い板。そこには、金属で作られた作品が貼りつけてあった。

魚のような形。その背の方は、〈Welcome《ウェルカム》〉という文字になっていた。

ほとんど一本の金属を曲げて作ったように見える、美しいものだった。

金属は、あの〈Ono《オノ》〉の表札を作ったものと同じ素材らしい。

「これって市場のウェルカム・ボードね、ありがとう」わたしは小野さんに言った。

小野さんは少し恥ずかしそうな笑顔を見せ、

「ほんの気まぐれに作ってみたんだ」とだけ言った。

「でも、すごくいい……」わたしはつぶやいた。

「まあ……」と小野さん。一瞬、少年のように照れた表情を見せた。わたしに軽く手を振ると、家の方に戻っていった。

朝の陽が、そのウェルカム・ボードに光っている。わたしは、目を細めそれを見つめた……。

これはまぎれもなく小野さんの作品であり、言ってみれば夢の名残りという事なのかもしれなかった……。

わたしは、深呼吸……。

庭の隅に咲いている薄いブルーの花を摘《つ》み、その作品にそえた。まだ涼しい朝の風が、その花を揺らしている。

「まだなの？」という声が聞こえた。

9時5分前。一人のおばさんが、野菜を手に取ろうとしていた。すでに、かなりの人が来ている。

「やろうか」わたしは一郎に言った。一郎がうなずく。魚市場の競《せ》りで使う鐘《かね》を鳴らした。

「はじめます！」わたしは大声で言った。マルシェのスタート。

「ニンジン、いくらだっけ⁉」わたしは愛に訊《き》いた。

「ひと束、２４０円！」と愛。

「レタスは？」とわたし。

「１６０円！」と愛。わたしを見て、「海果、値段をぜんぜん覚えてないじゃん」

「だって、そんなに覚えられないよ！」

「じゃ、野菜は全部わたしがやるよ」と愛が言った。愛は、サワダ農園のいろいろな野菜の値段を全部覚えているらしい。さすが経理部長。

「じゃ、ここはまかせる！」わたしは愛に言った。


30分後。マルシェは、大にぎわいになっていた。近所の人もいる。初めて見る人もいる。かなり年配の人もいれば、おばさん、そして十代の子もいる。

愛や耕平の同級生らしい子と、そのお母さんたちもいる。学校でチラシを配ったのも効いたようだ。

「おお、耕平」という声。〈耕平くんの、ぶさいくなトマト〉に中学生ぐらいの男の子が寄ってきた。耕平の同級生らしく、両親と一緒だ。

〈ぶさいくなトマト〉は、いろんな形のトマトが五個、ビニール袋に入っていて、愛がデザインしたシールが貼ってある。

「このトマト、クラスのみんなで苗付けしたやつだよなあ」と男の子。耕平がうなずく。

「なら、少しおまけしてくれてもいいよな？」と男の子。すると、

「耕平、まけちゃダメだよ！」

わきから愛の声が飛んできた。さすが経理部長。

「本田のケチ！」と男の子が愛に言った。

愛は、知らん顔で野菜を売っている。そんなやりとりを見て、男の子の両親が笑っている。

サザエとムール貝は、一郎と漁協の若いスタッフが売ってくれていた。

〈生きてるサザエ　２００円　ムール貝　１００円〉とボール紙に描いてそばに置いてある。小学生の男の子が、しゃがんでサザエを見ている。

「これ、本当に生きてるの？」と訊いた。

「さわってみな」と一郎。男の子は、恐る恐るサザエに手をのばす。

少し浮いていたサザエの蓋《ふた》に指がふれたとたん、蓋がサッと閉じた。本当に生きているのだ。男の子は、驚いてのけぞる。笑い声があたりに響いた。

はじめて40分ほどで、耕平のトマトは売り切れそうになっている。

「オーケイ」わたしは言った。こうなる事も予想して、ラッピングしたトマトをツボ屋の店にたくさん用意してある。わたしは店に行くと、トマトを抱えて耕平のところに持っていく。

そのとき、

「海果！　こっちもやばい」と愛が言った。確かに、サワダ農園の野菜がかなり減っていた。この調子だと、すぐに売り切れてしまうだろう。

わたしは、サワダ農園のおばさんに電話をした。おばさんたちは、いま葉山御用邸の近くにいるという。

「じゃ、すぐに行くわ」と言ってくれた。

10分たらずで、サワダ農園の軽トラが来た。おじさんたちが、段ボールに入った野菜をおろしはじめた。キャベツ、レタス、アスパラガス、キュウリ……。

「サワダ農園の野菜！　追加です！」と愛が声をはり上げた。お客たちが、それにむらがる……。野菜は、どんどん売れていく。愛が、必死な顔で代金のやりとりをしている……。

耕平のトマトも、サザエなども、どんどん減っていく……。


11時。耕平のトマトが売り切れた。

11時半。サザエとムール貝が売り切れた。

12時過ぎ。追加もふくめて、サワダ農園の野菜が売り切れた。

最後のレタスとアスパラガスを愛がお客に渡した。代金を受け取ったところで、

「完売！」と一郎。

「終わった！」と耕平。そして、

「死にそう……」と言ったのは愛だ。

愛の顔は、汗びっしょり。その場にしゃがみ込んだ。たぶん、今日一番売り上げたのは愛だろう。

「ほら、お疲れ様！」とわたし。店から持ってきたスポーツドリンクを愛に渡した。

愛は、ゴザの上にべたっと座ったまま、それを飲む……。こぼれたスポーツドリンクがTシャツの胸もとに散っている。


「ちょっと、考えちゃうな……」一郎がつぶやいた。

午後1時。マルシェの片づけを終え、みな、うちの店にいた。

昼間なので、麦茶で〈お疲れ様〉をしていた。

「考えちゃう？」昼ご飯のパスタを作りながら、わたしは訊いた。

「ああやって、お客に直売するのって、なんか手ごたえがあっていいなって」

と一郎。その手伝いをしてくれたマモルという漁協の若い人もうなずき、

「そうっすね、一郎さん」と言った。

「魚を獲《と》るのもいいけど、それを仲買人に渡して終わり。あとは、銀行口座に金が振り込まれるだけって、なんかなあ……」と一郎。

「仕事をしてる手ごたえがない？」わたしは訊いた。一郎はうなずき、

「客の顔が見えないって事かもな……」と言った。マモルもうなずいている。

「現実に、ネットなんかを使って魚を客に直売してる漁協もあるし……」と一郎。

気楽な口調で話しているけど、それは漁協の青年部長の顔だと、わたしには感じられた。

「たとえば、一般の客を相手にした直売所をやるって手もありますよね」とマモル。一郎はうなずいた。

「そうだな……昔からやってた事を、この先も変えない。それでいいのか、考えなきゃいけない時期なのかもな……」と言った。マモルもうなずき、

「今日の朝市って、いいきっかけでしたね」とつぶやいた。

「ああ……」と一郎。店に、ニンニクを炒《いた》めるいい匂いが漂いはじめた。


「マルシェにクレームが？」わたしは思わず訊き返した。

マルシェをやった2日後。火曜の昼過ぎだった。マッちゃんから電話がきた。

「うちのクラスの保護者から、あの朝市に対してクレームがきてね」

「それって？」

「まあ、簡単に言ってしまえば、中学生に商売をやらせたのは良くないというクレームなんだけどね」

「はあ……」わたしは、つぶやいた。「話がよくわからないけど……」

「私にも、あまりよくわからない。けど、あの朝市にクレームをつけてきた保護者たちがいるのは確かみたい」とマッちゃん。

「その保護者の有志という人たちが、今日の放課後、話しにくるというのさ」とマッちゃん。「海果はいちおうあのマルシェの主催者らしいから、来てくれないかな」と言った。

「わかったわ」


6時間目が終わった頃、わたしは学校に行った。

三年C組の教室に入った。

椅子がコの字に並べられている。片側には、耕平と愛。向かい合うようにオバサンが三人座っている。これが保護者有志なのだろう。

そして、マッちゃんが議長席のような椅子にかけている。わたしを見ると、

「今回の朝市を主催した浅野《あさの》海果。森戸海岸でレストランをやっていて、当校の卒業生でもあります」と紹介した。

わたしは、オバサンたちに軽くうなずく。愛の隣りに腰かけた。

「じゃあ、はじめましょうか」

とマッちゃんが、テキパキと話しはじめた。

「話を整理すると、まず、日曜の朝市で、そこにいる佐野《さの》耕平君は、トマトを売っていました。私もちらっとのぞいて見ましたが」と口を開いた。

「みなさんもNHKのドキュメンタリー番組を観たと思いますが、佐野君の家は農家で、主にトマトを作っています。その苗付けは、社会科の授業の一環として、クラス全体で行いました」とマッちゃん。オバサンたちは、軽くうなずく。すると、

「その子はいいのよ」と一人のオバサンが、尖《とが》った声を上げた。

「問題はあなたよ」と言い、愛を指さした。

27　そんなの中学生だってわかるよ

そのオバサンは、高価そうな紺のスーツを着て、セルフレームの眼鏡をかけている。三人の中でも、ひときわきつい顔つきをしていた。たぶん、この〈保護者有志〉のリーダー格なのだろう。

マッちゃんが、そのセルフレームのオバサンを見た。

「山野辺《やまのべ》さん、いまおっしゃった本田愛の問題というのは、どういう事でしょうか」

と冷静な声で言った。

「だって、あのサワダ農園から仕入れた野菜を売りさばいてたじゃないですか」

と言った。もちろん日曜にマルシェを見にきていたのだろう。

「業者からものを仕入れて、それを売るって、どう見ても商売じゃないですか」とセルフレーム。耕平が、その顔を睨《にら》みつけている。

「しかも、あそこで売ってたニンジンには土がついてましたよ。そんな不衛生なものを売るなんて……」と言った。

マッちゃんは、微《かす》かに苦笑。

「土がついたニンジンは、不衛生なんですか？」と訊《き》いた。

「当たり前じゃないですか」とセルフレーム。

「私はユニマートにしか行かないから、土がついたニンジンなんて見た事もないですよ」と言った。ユニマートは、葉山でも一番大きなスーパーだ。

セルフレームは、キンキンした声で、

「だいたい、あのサワダ農園って何なんですか。三浦野菜だかなんだか知らないけど、土のついたニンジンやら虫喰《むしく》いがあるキャベツなんかを古ぼけた軽トラで売り歩いて」と言った。そして、「この葉山の景観にふさわしくないと思います」と言った。えらく自信ありげな口調だった。

そこで、マッちゃんが口を開いた。

「じゃ、話を戻しましょう。本田愛が、中学生なのに商売をしていたという件ですが……」と言い、わたしを見た。

「うちの店では、あのサワダ農園からいつも質のいい野菜を安く売ってもらっています」とわたし。

「そんな事への感謝もあって、今回のマルシェでは、1円の利益も乗せずに野菜を販売しました」と言った。

「1円の利益も乗せずに？」とセルフレーム。わたしは、うなずいた。

「たとえば、サワダ農園が1束240円で売っているニンジンは、そのまま240円で売り、その売り上げはすべてサワダ農園さんに渡しました。だから、愛が商売をしていたというのは的はずれですね」

わたしが言い、愛がうなずいた。

「そんな馬鹿な……。仕入れたものを、そのままの値段で売ったなんて……」とセルフレーム。きつい目でわたしと愛を見た。

「あんたたち、どこまでズルい嘘をつくの？」と言った。

そこで、マッちゃんが口を開いた。

「山野辺さん、お言葉ですが、いま浅野海果が言ったのは事実のようです」と言った。

「そんな……。先生、何を証拠に……」

セルフレームが、マッちゃんに言った。

「それは、サワダ農園にもきちんと確認しました」とマッちゃん。「サワダ農園を経営しているのは、私の両親ですから」と落ち着いた声で言った。

その場の空気が固まった。セルフレームは、口を半開きにしている。

マッちゃんは、穏やかな表情……。

「つまり、私の旧姓は沢田《さわだ》です。私の両親は、土にまみれ、いい野菜を育て、私も育ててくれました。その結果、わたしは大学を出て、こうして教壇に立っているわけです」と言った。

「そんな両親を、私は誇りに思っています。その事だけは、はっきり申し上げたいと思います」静かな声で、マッちゃんは言った。

「ちなみに、サワダ農園は路上販売の許可を葉山町から取得して営業しています」とマッちゃん。セルフレームをまっすぐに見て、

「山野辺さんがおっしゃるように、確かに軽トラは古ぼけてますがね」と言った。セルフレームは、口を半開きのまま……。


「これ以上のご意見がなければ、終わりにしたいと思いますが」とマッちゃん。保護者たちを見て、

「まだ何か、おっしゃりたい事はありますか?」と訊いた。セルフレームは少し蒼《あお》ざめ、硬い表情……。ほかの二人も、視線を下に向けている。マッちゃんは、愛を見た。

「本田さん、何か言いたい事は?」と訊いた。愛は、セルフレームを見た。

「オバサン、ニンジンに土がついていたら、洗えばいいじゃん。そんなの中学生でもわかるって」と言った。

マッちゃんは、苦笑しながら大きくうなずいた。今度は、耕平を見た、

「佐野君、何か言いたい事は?」

耕平は、セルフレームを見た。

「山野辺っていうと、あんたサトシの母さんか……」と言った。セルフレームが視線を上げて、耕平を見た。陽灼《ひや》けして逞《たくま》しい耕平を見て、

「あなた、うちのサトシをいじめようとか……」

「誰が、あんなモヤシみたいなやつをいじめるか」と耕平。

「ただ、授業中にスマホでエロサイトを見るのはやめとけってサトシに言っとけば。クラスのみんなが知ってるから」

耕平が言ったそのときだった。ドアの外で笑い声が響いた。どうやら、教室の外で盗み聞きしてる生徒たちがいたらしい。

「コラ!」とマッちゃんがドアを開けた。逃げていく何人かの足音が廊下に響いた。

「では、この件は終了という事で、お開きにします」とマッちゃん。

保護者有志の三人は、ドアから廊下に出ていった。廊下を遠ざかっていくその後ろ姿に向かい、マッちゃんが苦笑いしている。何か考え事をしながらの苦笑いのように、わたしには見えた。


葉山の町のあちこちで、ノウゼンカズラの赤い花が咲きはじめた。

真夏が近い。

わたしと愛が、つぎのマルシェの計画について話していると、店のドアが開いた。入ってきたのは、漫画誌〈コミック・マンデー〉編集者の遠藤だった。

「連載、いよいよ開始です」と言い、刷り上がった漫画誌を三冊ほどテーブルに出した。

「出来たんだ！」わたしも愛も、それを手にとった。

表紙には、『新連載　ゴム長課長』の大きな文字。スーツ姿でゴム長をはいたオジサンの姿があった。わたしは、ページを開いた。巻頭カラーだ。

〈まず海辺の町の全景〉

〈家の玄関でゴム長をはいているアップのカット〉〈自転車にまたがる後ろ姿〉

ページをめくると、

〈走り出したスーツ姿のオジサンがどーんと見開き〉

〈「新連載！　ゴム長課長」の文字〉

そんな新連載らしいスタートだ。

〈海に向かう下り坂を走る課長〉

〈白いセーラー服姿の女の子が振り向く〉

〈中学生らしい女の子は、課長に手を振る〉〈「おはよう、藍ちゃん！」と課長〉

その〈藍ちゃん〉の顔は愛にそっくりだった。というのも、これまでに2回ほど遠藤は店に来た。そして、愛の顔をスマホで撮っていったのだ。漫画家さんは、それを参考にして描いたらしい。

〈藍に手を振り、自転車で追い越していく課長〉

〈藍が「気をつけて！」と言う〉

〈下り坂は、カーブしている〉〈そのカーブの先には犬を散歩させてるお爺《じい》さん〉

〈課長はあわててよけようとする〉

〈が、あえなく自転車ごとこける〉〈あ〜あ〉と苦笑いしている藍。

自転車を起こしている課長の顔を、犬が舐《な》めている。そんなスタートだ。人柄はいいがドジな課長の1日のはじまり……。

「編集部でも好評ですよ」と遠藤は言った。連載の最後には、小さめの文字で、『協力　逗葉信用金庫』と印刷されている。

「明日、全国のコンビニやキヨスクに並びます」と遠藤。

「これはほんの手土産で」とケーキの箱らしいものをテーブルに置いた。愛の目が輝いた。


「これで、一躍スターだね」と愛。〈コミック・マンデー〉をめくっている葛城に言った。

午後6時過ぎ。うちの店だ。

「オジサン、サインとか練習しなくちゃ」と愛がからかった。葛城は、かなり照れくさそうな顔で漫画誌をめくっている。

「だって、全国のコンビニに並ぶって、すごいじゃない」と愛。

「ま、まあ……」

「髪もだいぶ増やしてもらったしさ」愛が言い、葛城が苦笑した。

「そういえば、里香には知らせないの？」わたしはアジをさばきながら言った。

て、

「あ……」と葛城。スマートフォンを取り出す。画面をタップしている。しばらくし

「ああ、里香か」どうやら電話をかけたらしい。

「ほら、前に話した漫画なんだけど、明日、発売されるらしいんだ。見せるよ」と葛城。里香が、何か言っている様子……。

「ああ、イベント、あしたの土曜だったな」と葛城。「逗子海岸だったっけ。午前11時？　わかった、行くよ」そんなやりとりが続き、通話は終わった。

「里香、逗子で何かやるの？」わたしは訊《き》いた。しばらく黙っていた葛城が、

「里香のやつ、高校で軽音楽部に入ってさ」

「軽音？」愛が訊き返した。葛城はうなずき、「軽音でキーボードを弾いてるらしいんだ」

「へえ……」わたしも思わずつぶやいた。

28　もしもスイカが重いなら

「それで、逗子海岸で？」

「ああ。何か、海開きのイベントが海岸であって、そこで演奏するらしい」と言った。そうか、もう海開きなんだ……。わたしは、つぶやいた。

「という事は、ロック？」愛が訊いた。

「いや、ビートルズとかスティービー・ワンダーとか、あとはJポップとか、そんな曲をやってるらしい」

「へえ……」わたしと愛は、同時に声を出した。それにしても「あの里香が、スティービー・ワンダー……」

「あ……」と愛。「明日、土曜日だ……」とつぶやいた。

「っていうと？」わたしは訊いた。

「お母さんのお見舞いに行く日なんだ……」と愛。

「それなら、この『ゴム長課長』の漫画持っていきなよ。きっと喜ぶよ。もろにあんたが出てるんだから」

「そだね」愛は笑顔を見せた。


翌日は、よく晴れた。今年は空梅雨らしい。

愛が母さんのお見舞いにいく支度をしていると、慎からラインがきた。

〈マルシェはどうだった？〉

〈成功。楽しかった〉わたしは、その返信と一緒に画像を送った。

一枚は、船の上。真新しいウエットスーツを着た小織がサザエを持って無邪気な笑顔を見せている画像。

もう一枚は、マルシェの最中。トロ箱に山盛りのサザエやムール貝を、一郎たちが売っている画像だ。

〈慎ちゃんが小織にくれた10万円の賞金で作ったウエットスーツ〉

と、またラインを送った。その事は、まだ伝えていなかったはずだ。しばらくする

と、
〈胸が熱くなった……〉という返信。さらに、
〈やばい、気持ちが熱中症になりそうだ〉と慎。
〈東南アジアなんだから、冗談抜きに熱中症には気をつけてね〉とわたし。
〈了解。これから、タイに行く飛行機に乗るんで……またラインする。みんなによろしく！〉そんな返信がきて、やりとりは終わった。

「じゃ、行ってくるね」と愛。デイパックを背負って店を出て行く。ちょうど店の前にサワダ農園の軽トラが停まったところだった。

「この前の朝市じゃ、たくさん売ってくれてありがとう。……お出かけ？」とおばさんが愛に訊いた。

「ちょっと、入院してるお母さんの見舞いに……」と愛。

「そうなの……」とおばさん。軽トラの荷台からスイカをとる。ぶら下げられるようになっている白いネットに入れてくれた。「じゃ、これお母さんに」と愛に渡した。

「ありがとう。お母さん、スイカ大好きなんだ」愛が言い、頭を下げた。

「うひゃ！　こりゃ重過ぎ……」と愛。両手でスイカをぶら下げて言った。

サワダ農園のスイカは、大きくて甘い。しかも、おばさんは軽トラの荷台にある中から一番大きなスイカをくれたようだ。

それは、小柄で華奢《きゃしゃ》な愛が持つには重すぎるかもしれない。しかもバスと電車を乗り継《つ》いで横須賀の病院に行くには……。

わたしはちょっと考え、

「じゃ、わたしも行くよ」と言った。

愛と姉妹のように暮らすようになって、もう2年と数ヵ月。一緒にお母さんのお見舞いをしてもなんの不思議もないだろう。

店に入る。簡単に身支度をした。猫のサバティーニにご飯と水をあげる。

「留守番しててね」と言うとサバティーニはニャッと口を開けた。

店のドアに〈臨時休業〉のプレートを出し鍵《かぎ》をかけた。

そして、まばゆい空を見上げた。そろそろ11時。いまごろ逗子海岸で、葛城は里香が弾くキーボードをどんな気持ちで聴いているのだろう……。

慎は、タイに向かう飛行機の窓から、どんな思いで海を見つめているのだろう……。

さまざまな人生の1ページが、またくられていく……。

わたしは「行こうか」と愛に言った。愛が、スイカをぶら下げたままわたしを見た。

「本当に行ってくれるんだ……」とつぶやいた。その目が赤く潤《うる》んでいる。わたしはうなずき、

「お母さん、びっくりするかな……」と訊《き》いた。愛は、首を横に振った。

「絶対に喜んでくれる……」と言った。

わたしは、あらためて思った。お父さんと連絡がとれなくなって、愛がいつも一人でお母さんのお見舞いに行っていた事を……。

そして、耕平から聞いた事も、ふと思い出していた。

すごく寒い冬の日。病院からの帰り道。バス代を倹約《けんやく》した愛が、冷たい風の中、背中を丸めてとぼとぼと歩いているところを見かけたと……。

その姿を思い浮かべると、鼻の奥がツンとした。涙がにじみそうだった。

変な遠慮はせず、もっと早く一緒にお見舞いに行くべきだった……。

けれど、まだ遅すぎる事はないだろう……。わたしは、つとめて明るい声で、

「さあ、行こう」と言った。

愛は目を赤く潤ませたまま、うなずいた。

わたしと愛は、二人で一個のスイカを両側からぶら下げた。ゆっくりとバス停に向かって歩きはじめた。わたしは、小柄な愛のテンポに合わせて歩く。二人の間で、スイカがゆっくりと揺れている……。

わたしは、ふと思っていた。
一人でかかえるには重すぎるなら、二人でかかえればいいじゃないか。
たとえそれがスイカだろうと、何かの困難だろうと……。

砂のまざった海辺の道に、わたしたち二人の影が濃い。
紺に近いブルーの空に、クリームのような白い積乱雲がもり上がっている。頬をなでる潮風は、もう真夏の香りがしていた。

あとがき

港に、午後の陽が射していた。

6月中旬。湘南の片隅にある漁港。その岸壁に、一組の親子がいた。

父親は岸壁で小物釣りをしていた。

小学三年生ぐらいの娘は、近くでそれを見物していた。

彼女は、デニムのショートパンツをはいて、葉山の店〈げんべい〉のTシャツを着ていた。どうやら地元っ子らしい。その年頃らしく、髪は二つに結んでいた。

やがて、近くに舫《もや》った漁船が、魚を岸壁に揚げはじめた。沖の網にかかった魚を水揚げしている。

そんな作業の最中、漁師は一匹の魚を岸壁に揚げず、船べりから海に捨てた。

魚はマヒマヒ、日本語だとシイラだ。70センチぐらいのマヒマヒ……。売り物にならないので捨てたのだろう。

この魚が実は美味《うま》い事を、知る人は知っている。

同時に、見栄《みば》えが悪く、親しみもなく、いまの日本では売り物にならないのも事実だ。

捨てられたマヒマヒは、海面に浮いていた。大きく丸い眼を見開いたまま……。

岸壁からそれを見下ろしていた少女が、

「あのお魚、かわいそう……」

とつぶやいたのが、海風にのって僕の耳に届いた。

父親は、それにはかまわず釣り竿《ざお》を握《つ》っている。けれど、少女は岸壁にしゃがんで海面に浮いているマヒマヒをじっと見ている。

その表情には、あどけなさと同時に〈なんで、こんなこと……〉という哀しみの色が微《かす》かに漂っていた。

じっと海面のマヒマヒを見つめている少女のその視線は、僕の胸に消え残った。けして忘れられないものとして……。

あと何年かしたら、この子は海果のような、あるいは愛のような湘南娘になるのだろうか……。

頰をなでる海風が涼しくなってきたけれど、心の温度は上がっていた。

葉山の森戸海岸にあるシーフード食堂〈ツボ屋〉をめぐる物語も、四作目になった。

店は借金に追われてビンボー。

相変わらず上手に生きられない海果と愛……。

魚市場で〈戦力外〉とされ捨てられる魚やイカを拾い、なんとか店をやっている。

そんな二人の胸にある想いは、このシリーズ第一作『潮風キッチン』からずっと変わらない。

〈なんで、食べられる魚を捨てちゃうの？〉

〈なじみがないから？　見栄えが悪いから？〉

〈料理するのが面倒だから？〉


そんな彼女たちの想いが、今回の作品では野菜にも向けられている。

物語のラスト近く……。大手スーパーに並んでいるピカピカのニンジンしか買わないという高飛車《たかびしゃ》な中年女性に向かい、

「オバサン、ニンジンに土がついてたら、洗えばいいじゃん。そんなの中学生でもわかるって」

という愛の何気ない言葉に、このシリーズでどうしても僕が書きたかったテーマの一つがある。

なぜ多くの大人たちは、見栄えだけで物事を判断するのだろう。

たとえば魚に対しても……。

たとえば野菜に対しても……。

そして、ときには人に対してさえ……。

「ニンジンに土がついていたら、洗えばいいじゃん」と言ったとき、愛の視線はたぶん真っすぐだったと思う。あの岸壁で、捨てられたマヒマヒをじっと見ていた少女と同じように……。

そして、大人になるという事が、イコール、真っすぐで澄んだ視線を失う事ではないと僕は思いたい。そのような作者としての願いが、葉山の潮風とともに、読者のあなたに届けば嬉《うれ》しい。

不器用で、ときには恥をかきながらも、一生懸命に生きている海果と愛。

さらに、一郎、慎、葛城《かつらぎ》など〈ツボ屋〉をめぐる登場人物たちの前に、次つぎと開かれる人生の1ページが、あなたをワクワクさせてくれたら、それ以上望む事はない。

今回も、KADOKAWAの角川文庫編集部・光森優子さんとのミックス・ダブルスでこの作品を送り出す事が出来ました。光森さんにはここに記して感謝します。

何かの縁があってこの作品を手にしてくれた読者の方々には、本当にありがとう！
また会えるときまで、少しだけグッドバイです。

真夏の水平線を見つめて　喜多嶋　隆

〈喜多嶋隆ファンクラブ案内〉

長年にわたり愛読者の皆さんに親しまれてきたファンクラブですが、現在はFacebook上で展開しています。

★お知らせ

僕の作家キャリアも40年以上になり、数年前には出版部数が累計500万部を突破することができました。そんなこともあり、〈作家になりたい〉〈一生に一冊でも本を出したい〉という方からの相談がきたり、書いた原稿を送られてくることがふえました。

その数があまりに多いので、それぞれに対応できません。が、そのことが気にかかっていました。そんなとき、ある人から〈それなら、文章教室をやってみてもいいのでは〉と言われ、なるほどと思いました。少し考えましたが、ものを書きたい方々のためになるならと思い、FC会員でなくても、つまり誰でも参加できる〈もの書き講座〉をやってみる決心をしました。

講座がはじまって約8年になりますが、大手出版社から本が刊行され話題になっている受講生の方もいます。作品コンテストで受賞した方も複数います。

なごやかな雰囲気でやっていますから、気軽にのぞいてみてください（体験受講あります）。

喜多嶋隆の『もの書き講座』
（主宰）喜多嶋隆ファンクラブ
（事務局）井上プランニング
（Eメール）monoinfo@i-plan.bz
（FAX）０４２・３９９・３３７０
（電話）０９０・３０４９・０８６７（担当・井上）

※当然ながら、いただいたお名前、ご住所、メールアドレスなどは他の目的には使用いたしません。

本書は書き下ろしです。

潮風《しおかぜ》マルシェ

喜多嶋《きたじま》 隆《たかし》

令和6年 9月25日 初版発行

発行者●山下直久

発行●株式会社KADOKAWA
〒102-8177 東京都千代田区富士見2-13-3
電話 0570-002-301(ナビダイヤル)

角川文庫 24320

印刷所●株式会社暁印刷
製本所●本間製本株式会社

表紙画●和田三造

●お問い合わせ
https://www.kadokawa.co.jp/ (「お問い合わせ」へお進みください)
※内容によっては、お答えできない場合があります。
※サポートは日本国内のみとさせていただきます。
※Japanese text only

ISBN 978-4-04-115257-7 C0193

角川文庫発刊に際して

角川源義

第二次世界大戦の敗北は、軍事力の敗北であった以上に、私たちの若い文化力の敗退であった。私たちの文化が戦争に対して如何に無力であり、単なるあだ花に過ぎなかったかを、私たちは身を以て体験し痛感した。西洋近代文化の摂取にとって、明治以後八十年の歳月は決して短かすぎたとは言えない。にもかかわらず、近代文化の伝統を確立し、自由な批判と柔軟な良識に富む文化層として自らを形成することに私たちは失敗して来た。そしてこれは、各層への文化の普及滲透を任務とする出版人の責任でもあった。

一九四五年以来、私たちは再び振出しに戻り、第一歩から踏み出すことを余儀なくされた。これは大きな不幸ではあるが、反面、これまでの混沌・未熟・歪曲の中にあった我が国の文化に秩序と確たる基礎を齎らすためには絶好の機会でもある。角川書店は、このような祖国の文化的危機にあたり、微力をも顧みず再建の礎石たるべき抱負と決意とをもって出発したが、ここに創立以来の念願を果すべく角川文庫を発刊する。これまで刊行されたあらゆる全集叢書文庫類の長所と短所とを検討し、古今東西の不朽の典籍を、良心的編集のもとに、廉価に、そして書架にふさわしい美本として、多くのひとびとに提供しようとする。しかし私たちは徒らに百科全書的な知識のジレッタントを作ることを目的とせず、あくまで祖国の文化に秩序と再建への道を示し、この文庫を角川書店の栄ある事業として、今後永久に継続発展せしめ、学芸と教養との殿堂として大成せんことを期したい。多くの読書子の愛情ある忠言と支持とによって、この希望と抱負とを完遂せしめられんことを願う。

一九四九年五月三日

角川文庫ベストセラー

潮風キッチン　喜多嶋　隆

突然小さな料理店を経営することになった海果だが、奮闘むなしく店は閑古鳥。そんなある日、ちょっぴり生意気そうな女の子に出会う。「人生の戦力外通告」をされた人々の再生を、温かなまなざしで描く物語。

潮風メニュー　喜多嶋　隆

地元の魚と野菜を使った料理が人気を呼び、海果が一人で始めた小さな料理店は軌道に乗りはじめた。だがある日、店ごと買い取りたいという人が現れて……居場所を失った人が再び一歩を踏み出す姿を描く、感動の物語。

潮風テーブル　喜多嶋　隆

葉山の新鮮な魚と野菜を使った料理が人気の料理店。オーナー・海果の気取らず懸命な生き方は、周りの人々を変えていく。だが、台風で家が被害を受けた上、思いがけないできごとが起こり……心震える感動作。

キャット・シッターの君に。　喜多嶋　隆

1匹の茶トラが、キャット・シッターの芹と新しい依頼主、カメラマンの一郎を出会わせてくれた……猫によってゆっくりと癒され、結びついていく孤独な人々の心をハートウォーミングに描く静かな救済の物語。

地図を捨てた彼女たち　喜多嶋　隆

恋、仕事、結婚、夢……人生のさまざまな局面で訪れるターニングポイント。迷いや不安、とまどいと闘いながら勇気を持ってそれぞれの道を選び取っていく女性たちの美しさ、輝きを描く。大人のための青春短編集。

角川文庫ベストセラー

みんな孤独だけど　喜多嶋　隆

誰もがみな孤独をかかえている。けれど、だからこそ自然と心は寄り添う……。都会のかたすみで、南洋の陽射しのなかで……思いがけなく出会い、惹かれ合う孤独な男と女。大人のための極上の恋愛ストーリー！

かもめ達のホテル　喜多嶋　隆

湘南のかたすみにひっそりとたたずむ、隠れ家のような一軒のホテル。海辺のホテルに集う訳あり客たちが心に秘める謎と事件とは？　若き女性オーナー・美咲が彼らの秘密を解きほぐす。心に響く連作恋愛小説。

恋を、29粒　喜多嶋　隆

あるときは日常の一場面で、またあるときは非日常の空間で――恋は誰のもとにもふいにやってくる。その続きはときに切なく、ときに甘美に……。様々な恋のきらめきを鮮やかに描き出した珠玉の恋愛掌編集。

Miss ハーバー・マスター　喜多嶋　隆

小森夏佳は、マリーナの責任者。海千山千のボートオーナー、ヨットオーナーの相手をしつつも、ハーバー内で起きたトラブルを解決している。そんなある日、彼女のもとへ、1つ相談事が持ち込まれて……。

鎌倉ビーチ・ボーズ　喜多嶋　隆

住職だった父親に代わり寺を継いだ息子の凜太郎は、気ままにサーフィンを楽しむ日々。ある日、傷ついた女子高生が駆け込んで来た。むげにも出来ず、相談事を引き受けることにした凜太郎だったが……。

角川文庫ベストセラー

ドミノ　恩田　陸

一億の契約書を待つ生保会社のオフィス。下剤を盛られた子役の麻里花。推理力を競い合う大学生。別れを画策する青年実業家。昼下がりの東京駅、見知らぬ者同士がすれ違うその一瞬、運命のドミノが倒れてゆく！

チョコレートコスモス　恩田　陸

無名劇団に現れた一人の少女。天性の勘で役を演じる飛鳥の才能は周囲を圧倒する。いっぽう若き女優響子は、とある舞台への出演を切望していた。開催された奇妙なオーディション、二つの才能がぶつかりあう！

雪月花黙示録　恩田　陸

私たちの住む悠久のミヤコを何者かが狙っている……！　謎×学園×ハイパーアクション。恩田陸の魅力全開、ゴシック・ジャパンで展開する『夢違』『夜のピクニック』以上の玉手箱!!

私の家では何も起こらない　恩田　陸

小さな丘の上に建つ二階建ての古い家。家に刻印された人々の記憶が奏でる不穏な物語の数々。キッチンで殺し合った姉妹、少女の傍らで自殺した殺人鬼の美少年……そして驚愕のラスト！

失われた地図　恩田　陸

これは失われたはずの光景、人々の情念が形を成す「裂け目」。かつて夫婦だった鮎観と遼平は、裂け目を封じることのできる能力を持つ一族だった。息子の誕生で、2人の運命の歯車は狂いはじめ……。

角川文庫ベストセラー

今日も一日きみを見てた　角田光代

最初は戸惑いながら、愛猫トトの行動のいちいちに目をみはり、感動し、次第にトトのいない生活なんて考えられなくなっていく著者。愛猫家必読の極上エッセイ。猫短篇小説とフルカラーの写真も多数収録！

大好きな町に用がある　角田光代

スペイン、カンボジア、タイから国内まで。お世話になった親切な人、お国柄の出るトイレ事情……旅先での悲喜こもごもを綴った旅エッセイが文庫化！　ウェブ連載していた「角田光代の旅行コラム」も同時収録。

いきたくないのに出かけていく　角田光代

ずっといくのを避けていたインドでみつけた「書かれ続ける理由」、時間と場所だけを決めて友人と落ち合う香港のレストラン……通り一遍には答えられない旅をしてきた著者による書き下ろしあとがきも収録！

猫目荘《ねこのめそう》のまかないごはん　伽古屋圭市

まかない付きが魅力の古びた下宿屋「猫目荘」。再就職も婚活もうまくいかず焦る伊緒は、様々な住人たちと出会い、旬の食材を使ったごはんを食べるうち、〝居場所〟を見つけていく。おいしくて心温まる物語。

オレンジデイズ　北川悦吏子

就職活動中の櫂は、耳の不自由なバイオリニスト、沙絵と出会う。同じ大学の3人を加え、5人で「オレンジの会」を結成。忘れられない青春の日々は、友情が恋に変わる季節でもあった。ドラマノベライズ。

角川文庫ベストセラー

たったひとつの恋　北川悦吏子

傾きかけた船の修理工場の息子・神崎弘人は、横浜のジュエリーショップのお嬢様・月丘菜緒と出会う。冷たくかじかんだ弘人の心は菜緒の真っ直ぐな笑顔に溶けていくが、ふたりを引き裂く事件が起こり……。

恋に似た気分　北川悦吏子

「恋」や「青春」についてのエッセイの依頼がやってくるのは、恋愛ドラマの女神様だから。各誌に書き綴った「恋愛」についてのエッセイをまとめました。「恋」の失敗や涙は、思い出や物語に変わるのです。

凶笑面　蓮丈那智フィールドファイルⅠ　北森　鴻

「異端の民俗学者」と呼ばれる蓮丈那智が、フィールドワークで遭遇する数々の事件に挑む！　激しく踊る祭祀の鬼。丘に建つ旧家の離屋に秘められた因果――。連作短編の名手・北森鴻の代表シリーズ、再始動！

触身仏　蓮丈那智フィールドファイルⅡ　北森　鴻

東北地方の山奥に佇む石仏の真の目的。死と破壊の神が変貌を繰り返すに至る理由とは――？　孤高の民俗学者と気弱で忠実な助手が、奇妙な事件に挑む5篇を収録。連作短篇の名手が放つ本格民俗学ミステリ！

写楽・考　蓮丈那智フィールドファイルⅢ　北森　鴻

蓮丈那智が古文書調査のため訪れた四国で、美術界を激震させる秘密に対峙する表題作など、全4篇。異端の民俗学者の冷徹な観察眼は封印されし闇を暴く。はなれわざの謎ときに驚嘆必至の本格民俗学ミステリ！

角川文庫ベストセラー

狂王の庭　小池真理子

「僕があなたを恋していること、わからないのですか」昭和27年、国分寺。華麗な西洋庭園で行われた夜会で、彼はまっしぐらに突き進んできた。庭を作る男と美しい人妻。至高の恋を描いた小池ロマンの長編傑作。

仮面のマドンナ　小池真理子

爆発事故に巻き込まれた寿々子は、ある悪戯が原因で、玲奈という他人と間違えられてしまう。後遺症で意思疎通ができない寿々子、〝玲奈〟の義母とその息子——陰気な豪邸で、奇妙な共同生活が始まった。

東京アクアリウム　小池真理子

夜景が美しいカフェで友達が語る不思議な再会に震撼する表題作、施設に入居する母が実家で過ごす最後の温かい夜を描く「猫別れ」など8篇。人の出会いと別れ、そして交錯する思いを描く、珠玉の短編集。

シルエット　島本理生

人を求めることのよろこびと苦しさを、女子高生の内面から鮮やかに描く群像新人文学賞優秀作の表題作と15歳のデビュー作他1篇を収録する、切なくていとおしい、等身大の恋愛小説。

リトル・バイ・リトル　島本理生

ふみは高校を卒業してから、アルバイトをして過ごす日々。家族は、母、小学校2年生の異父妹の女3人。習字の先生の柳さん、母に紹介されたボーイフレンドの周、2番目の父——。「家族」を描いた青春小説。

角川文庫ベストセラー